MAIGRET À L'ÉCOLE

Georges Simenon, écrivain belge de langue française, est né à Liège en 1903. À seize ans, il devient journaliste à *La Gazette de Liège*. Son premier roman, signé sous le pseudonyme de Georges Sim, paraît en 1921 : *Au pont des Arches, petite histoire liégeoise*. En 1922, il s'installe à Paris et écrit des contes et des romans-feuilletons dans tous les genres. Près de deux cents romans parus entre 1923 et 1933, un bon millier de contes, et de très nombreux articles... En 1929, Simenon rédige son premier Maigret : *Pietr le Letton*. Lancé par les éditions Fayard en 1931, le commissaire Maigret devient vite un personnage très populaire. Simenon écrira en tout soixante-douze aventures de Maigret (ainsi que plusieurs recueils de nouvelles). Peu de temps après, Simenon commence à écrire ce qu'il appellera ses « romans-romans » ou ses « romans durs » : plus de cent dix titres, du *Relais d'Alsace* (1931) aux *Innocents* (1972). Parallèlement à cette activité littéraire foisonnante, il voyage beaucoup. À partir de 1972, il décide de cesser d'écrire. Il se consacre alors à ses vingt-deux *Dictées*, puis rédige ses gigantesques *Mémoires intimes* (1981). Simenon s'est éteint à Lausanne en 1989. Beaucoup de ses romans ont été adaptés au cinéma et à la télévision.

Paru dans Le Livre de Poche :

GEORGES SIMENON

Maigret à l'école

PRESSES DE LA CITÉ

1

L'instituteur au Purgatoire

Il y a des images qu'on enregistre inconsciemment, avec la minutie d'un appareil photographique, et il arrive que, plus tard, quand on les retrouve dans sa mémoire, on se creuse la tête pour savoir où on les a vues.

Maigret ne se rendait plus compte, après tant d'années, qu'en arrivant, toujours un peu essoufflé, au sommet de l'escalier dur et poussiéreux de la P. J. il marquait un léger temps d'arrêt et que, machinalement, son regard allait vers la cage vitrée qui servait de salle d'attente et que certains appelaient l'aquarium, d'autres le Purgatoire. Peut-être en faisaient-ils tous autant et était-ce devenu une sorte de tic professionnel ?

Même quand, comme ce matin-là, un soleil clair et léger, qui avait la gaieté du muguet, brillait sur Paris et faisait briller les pots roses des cheminées sur les toits, une lampe restait allumée toute la journée dans le Purgatoire, qui n'avait pas de fenêtre et ne recevait le jour que de l'immense corridor.

Certaines fois, dans les fauteuils et sur les chaises recouvertes de velours vert, on apercevait des personnages plus ou moins patibulaires, de vieux clients qu'un inspecteur avait ramassés pendant la nuit et qui attendaient d'être questionnés, ou encore des indicateurs, des témoins convoqués la veille et qui levaient la tête d'un air morne chaque fois que quelqu'un passait.

Pour quelque raison mystérieuse, c'était là qu'étaient pendus les deux cadres noirs à filet doré contenant les photographies des policiers tués en service commandé.

D'autres personnes défilaient dans le Purgatoire, des hommes, des femmes, appartenant à ce qu'on appelle le monde, et ceux-là restaient d'abord debout comme si on allait les appeler d'une minute à l'autre, comme s'ils n'étaient ici que pour une visite sans importance. Après un temps plus ou moins long, on les voyait s'approcher d'une chaise sur laquelle ils finissaient par s'asseoir et il n'était pas rare de les y retrouver trois heures plus tard tassés sur eux-mêmes, le regard morne, ayant perdu tout sens de leur prépondérance sociale.

Il n'y avait qu'un homme, ce matin-là, dans le Purgatoire, et Maigret remarqua qu'il appartenait au type qu'on désigne communément sous le nom de « tête de rat ». Il était plutôt maigre. Son front fuyant, dégarni, était couronné d'une mousse de cheveux roussâtres. Il devait avoir les yeux bleus ou violets et son nez paraissait s'élancer d'autant plus en avant que le menton était fuyant.

Partout, dès l'école, on rencontre des individus de cette catégorie-là et, Dieu sait pourquoi, on a tendance à ne pas les prendre au sérieux.

Maigret eut l'impression d'y faire si peu attention que si, au moment où il poussait la porte de son bureau, on lui avait demandé qui se trouvait dans la salle d'attente, il n'aurait peut-être pas su que répondre. Il était neuf heures moins cinq. La fenêtre était large ouverte et une buée légère, d'un bleu mêlé d'or, montait de la Seine. Pour la première fois de l'année, il avait mis son pardessus de demi-saison mais l'air était encore frais, un air qu'on avait envie de boire comme un petit vin blanc et qui vous tendait la peau du visage.

Tout en retirant son chapeau, il jeta un coup d'œil à la carte de visite posée en évidence sur son sous-main. L'encre en était pâle. *Joseph Gastin, instituteur.* Puis, dans un coin droit, en lettres plus petites qui l'obligèrent à se pencher, *Saint-André-sur-Mer.*

Il ne fit aucun rapport entre cette carte et l'homme à la tête de rat, se demanda seulement où il avait entendu parler de Saint-André-sur-Mer. La sonnerie, dans le couloir, annonçait le rapport. Il se débarrassa de son pardessus, prit un dossier qu'il avait préparé la veille, et, comme il le faisait depuis tant d'années, se dirigea vers le bureau du chef. En chemin, il rencontra d'autres commissaires et tous avaient dans les yeux la même humeur qu'il avait vue aux passants dans la rue.

— Cette fois, c'est le printemps !

— On le dirait.

— Nous allons avoir une journée magnifique.

Les grandes fenêtres, dans le bureau du directeur,

déversaient du soleil comme les fenêtres d'une église de campagne et des pigeons roucoulaient sur le rebord de pierre.

Chacun qui entrait répétait en se frottant les mains :

— C'est le printemps.

Ils avaient tous passé quarante-cinq ans ; les affaires dont ils allaient s'entretenir appartenaient au genre sévère, parfois macabre, mais ils ne s'en réjouissaient pas moins comme des enfants de la soudaine douceur de l'air et surtout de cette lumière qui baignait la ville et faisait de chaque coin de rue, des façades, des toits, des autos qui passaient sur le pont Saint-Michel, autant de tableaux qu'on aurait voulu accrocher à son mur.

— Vous avez vu le sous-directeur de l'agence de la rue de Rivoli, Maigret ?

— J'ai rendez-vous avec lui dans une demi-heure.

Une affaire sans importance. La semaine était presque creuse. Le sous-directeur d'une agence de banque, rue de Rivoli, à deux pas des Halles, soupçonnait un de ses employés de certaines irrégularités.

Il bourra sa pipe, face à une fenêtre, pendant que son collègue des Renseignements Généraux discutait d'une autre affaire, puisqu'il était question de la fille d'un sénateur qui s'était mise dans une situation délicate.

En rentrant dans son bureau, il trouva Lucas qui l'attendait, le chapeau déjà sur la tête, car il devait l'accompagner rue de Rivoli.

— Nous y allons à pied ?

10

C'était tout près. Maigret ne pensa plus à la carte de visite. En passant devant le Purgatoire, il revit la tête de rat, ainsi que deux ou trois autres clients, dont un tenancier de boîte de nuit qu'il reconnut et qui était là au sujet de la fille du sénateur.

Ils gagnèrent le Pont-Neuf, tous les deux, Maigret faisant de grands pas, Lucas, avec ses petites jambes, obligé d'en faire beaucoup plus pour se maintenir à sa hauteur. Ils auraient été incapables, par la suite, de dire de quoi ils avaient parlé. Peut-être s'étaient-ils contentés de regarder autour d'eux. Rue de Rivoli, l'air était chargé d'une forte odeur de légumes et de fruits et des camions emportaient des cageots et des paniers.

Ils entrèrent à la banque, écoutèrent les explications du sous-directeur, firent le tour des locaux en observant du coin de l'œil l'employé soupçonné.

Faute de preuves, on allait lui tendre un piège. Ils en discutèrent les détails, se serrèrent la main. Maigret et Lucas se retrouvèrent dehors et l'air était si doux que tous les deux gardèrent leur pardessus sur le bras, ce qui leur donnait comme une bouffée de vacances.

Place Dauphine, ils s'arrêtèrent d'un commun accord.

— On en prend un sur le pouce ?

Ce n'était pas l'heure de l'apéritif, mais ils avaient tous les deux l'impression que le goût du pernod s'harmoniserait à merveille avec l'atmosphère de printemps et ils poussèrent la porte de la Brasserie Dauphine.

— Deux pernods, en vitesse !

— Tu connais Saint-André-sur-Mer, toi ?

— Il me semble que c'est quelque part dans les Charentes.

Cela rappela à Maigret la plage de Fouras, dans le soleil, des huîtres qu'il avait mangées, à cette heure-ci, vers dix heures et demie du matin, à la terrasse d'un petit bistro, arrosées d'une bouteille de vin blanc du pays dans le fond de laquelle il y avait un peu de sable.

— Tu crois que l'employé triche ?

— Le sous-directeur en paraît convaincu.

— Il a l'air d'un pauvre type.

— Nous le saurons dans deux ou trois jours.

Ils suivirent le Quai des Orfèvres, montèrent le grand escalier et, une fois de plus, Maigret marqua un temps d'arrêt. Tête-de-rat était toujours là, penché en avant, ses mains longues et osseuses jointes sur ses genoux. Il leva les yeux vers le commissaire et celui-ci eut l'impression qu'il lui adressait un regard de reproche.

Dans son bureau, il retrouva la carte de visite où il l'avait laissée, sonna le garçon.

— Il est toujours là ?

— Depuis huit heures du matin. Il est arrivé avant moi. Il insiste pour vous parler personnellement.

Des tas de gens, surtout des fous et des demi-fous, demandaient à parler personnellement au directeur ou à Maigret dont le nom leur était devenu familier par les journaux. Ceux-là refusaient d'être reçus par un inspecteur et certains attendaient la journée entière, revenaient le lendemain, se levant avec espoir chaque fois qu'ils voyaient passer le commissaire pour se rasseoir et attendre à nouveau.

12

— Fais-le entrer.

Il s'assit, bourra deux ou trois pipes, fit signe à l'homme qu'on introduisait de s'asseoir en face de lui. La carte de visite à la main, il questionna :

— C'est vous ?

En le regardant de près, il se rendait compte que l'homme n'avait probablement pas dormi car il avait le teint gris, les paupières rougeâtres, les prunelles trop brillantes. Il croisait les mains comme dans la salle d'attente, faisait craquer ses doigts à force de les serrer.

Au lieu de répondre à la question, il murmura en jetant au commissaire un regard à la fois anxieux et résigné :

— Vous êtes au courant ?

— Au courant de quoi ?

Il parut surpris, confus, peut-être désillusionné.

— Je croyais qu'on savait déjà. J'ai quitté Saint-André hier soir et un reporter était arrivé. J'ai pris le train de nuit. Je suis venu tout de suite ici.

— Pourquoi ?

Il avait l'air intelligent mais était évidemment très troublé, ne savait pas par quel bout commencer son histoire. Maigret l'impressionnait. On devinait qu'il connaissait sa réputation de longue date et que, comme beaucoup, il n'était pas loin de voir en lui une sorte de Dieu-le-Père.

De loin, cela lui avait paru facile. Maintenant, c'était un homme en chair et en os qu'il avait devant lui, fumant sa pipe à petites bouffées en le regardant avec de gros yeux presque indifférents.

Etait-ce l'image qu'il s'était faite de lui ? Ne commençait-il pas à regretter son voyage ?

— Ils doivent se dire que je me suis enfui, prononça-t-il nerveusement, avec un sourire amer. Si
j'étais coupable, comme ils en sont persuadés, et si
j'avais eu l'intention de fuir, je ne serais pas ici,
n'est-ce pas ?

— Il m'est difficile de répondre à cette question
avant d'en savoir davantage, murmura Maigret. De
quoi vous accuse-t-on ?

— D'avoir tué Léonie Birard.

— Qui vous accuse ?

— Tout le village, plus ou moins ouvertement.
Le lieutenant de gendarmerie n'a pas osé m'arrêter. Il m'a avoué franchement qu'il manquait de
preuves, mais m'a prié de ne pas m'éloigner.

— Vous êtes parti quand même ?

— Oui.

— Pourquoi ?

Le visiteur, trop tendu pour rester longtemps
assis, se leva d'une détente en balbutiant :

— Vous permettez ?

Il ne savait où se mettre, ni comment se tenir.

— Il m'arrive de me demander où j'en suis.

Il tira un mouchoir douteux de sa poche, s'en
essuya le front. Le mouchoir devait encore sentir
le train, sa sueur aussi.

— Vous avez pris un petit déjeuner ?

— Non. J'avais hâte d'arriver ici. Je ne voulais
surtout pas qu'on m'arrête avant, vous comprenez ?

Comment Maigret aurait-il pu comprendre ?

— Pourquoi, exactement, êtes-vous venu me
voir ?

— Parce que j'ai confiance en vous. Je sais que,
si vous le voulez, vous découvrirez la vérité.

— Quand cette dame... comment l'appelez-vous encore ?...

— Léonie Birard. C'est notre ancienne postière.

— Quand est-elle morte ?

— Elle a été tuée mardi matin. Avant-hier. Un peu après dix heures du matin.

— On vous accuse du crime ?

— Vous êtes né à la campagne, je l'ai lu dans un magazine. Vous y avez passé la plus grande partie de votre jeunesse. Vous savez donc comment cela se passe dans un petit bourg. Saint-André ne compte que trois cent vingt habitants.

— Un instant. Le crime dont vous parlez a été commis dans les Charentes ?

— Oui. A une quinzaine de kilomètres au nord-ouest de La Rochelle, pas loin de la pointe de l'Aiguillon. Vous connaissez ?

— Un peu. Mais il se fait que j'appartiens à la Police Judiciaire de Paris et n'ai aucune juridiction sur les Charentes.

— J'y ai pensé.

— Dans ce cas...

L'homme portait son meilleur complet, qui était fripé ; sa chemise était usée au col. Debout au milieu du bureau, il avait baissé la tête et fixait le tapis.

— Evidemment... soupira-t-il.

— Que voulez-vous dire ?

— J'ai eu tort. Je ne sais plus. Cela m'avait paru tout naturel.

— Quoi ?

— De venir me mettre sous votre protection.

— Sous ma protection ? répéta Maigret, surpris.

Gastin se décida à le regarder, avec l'air d'un homme qui se demande où il en est.

— Là-bas, même si on ne m'arrête pas, je risque qu'ils me fassent un mauvais parti.

— Ils ne vous aiment pas ?

— Non.

— Pourquoi ?

— D'abord, parce que je suis l'instituteur et le secrétaire de la mairie.

— Je ne comprends pas.

— Vous avez quitté la campagne depuis long-temps. Ils ont tous de l'argent. Ce sont des fermiers ou des bouchoteurs. Vous connaissez les bouchots ?

— Les élevages de moules, le long de la côte ?

— Oui. Nous sommes en plein dans le pays des bouchots et des parcs à huîtres. Tout le monde en possède au moins un bout. Cela rapporte gros. Ils sont riches. Presque tous ont une auto ou une camionnette. Or, savez-vous combien d'entre eux paient l'impôt sur le revenu ?

— Pas beaucoup, sans doute ?

— Aucun ! Dans le village, il n'y a que le doc-teur et moi à payer l'impôt. Bien entendu, c'est moi qu'ils traitent de fainéant. Ils se figurent que ce sont eux qui me payent. Quand je proteste parce que des enfants manquent l'école, ils me répondent de me mêler de ce qui me regarde. Et quand j'ai exigé que mes élèves me saluent dans la rue, ils se sont imaginé que je me prenais pour le préfet.

— Racontez-moi l'affaire Léonie Birard.

— Vous voulez bien ?

Son regard, sous le coup de l'espoir, reprenait une certaine fermeté. Il s'obligeait à s'asseoir, s'efforçait de parler posément, sans pouvoir empêcher sa voix de trembler d'émotion mal contenue.

— Il faudrait que vous connaissiez la topographie du village. D'ici, c'est difficile à expliquer. Comme presque partout, l'école se trouve derrière la mairie. C'est là que j'habite aussi, de l'autre côté de la cour, et je dispose d'un bout de potager. Avant hier, mardi, il faisait à peu près le même temps qu'aujourd'hui, une vraie journée de printemps, et c'était la morte-eau.

— Cela a son importance ?

— A la morte-eau, c'est-à-dire à l'époque où les marées sont de faible amplitude, on ne va ni aux moules, ni aux huîtres. Vous comprenez ?

— Oui.

— Au-delà de la cour de l'école se trouvent des jardins et le derrière de plusieurs maisons, entre autres la maison de Léonie Birard.

— C'était une femme de quel âge ?

— Soixante-six ans. Comme secrétaire de mairie, je connais l'âge exact de chacun.

— Evidemment.

— Il y a huit ans qu'elle a pris sa retraite et elle est devenue à peu près impotente. Elle ne sort plus de chez elle, où elle marche avec une canne. C'est une méchante femme.

— En quoi est-elle méchante ?

— Elle hait le monde entier.

— Pourquoi ?

— Je l'ignore. Elle n'a jamais été mariée. Elle avait une nièce qui a longtemps vécu avec elle et qui a épousé Julien, le ferblantier, qui est en même temps le garde-champêtre.

Un autre jour, ces histoires auraient peut-être ennuyé Maigret. Ce matin-là, avec le soleil qui entrait par sa fenêtre et apportait des tiédeurs de printemps, avec sa pipe qui avait un goût nouveau, il écoutait, un vague sourire aux lèvres, les mots qui lui rappelaient un autre village, où il y avait aussi des drames entre la postière, l'instituteur, le garde-champêtre.

— Les deux femmes ne se voient plus, car Léonie ne voulait pas que sa nièce se marie. Elle ne voit pas le docteur Bresselles non plus, qu'elle accuse d'avoir tenté de l'empoisonner avec ses drogues.

— Il a tenté de l'empoisonner ?

— Bien sûr que non ! C'est pour vous montrer le genre de femme qu'elle est, ou plutôt qu'elle était. Au temps où elle était receveuse des postes, elle écoutait les communications téléphoniques, lisait les cartes postales, de sorte qu'elle était au courant des secrets de chacun. Cela ne lui a pas été difficile d'exciter les gens les uns contre les autres. La plupart des brouilles entre les familles ou les voisins sont nées à cause d'elle.

— De sorte qu'on ne l'aimait pas.

— Certainement pas.

— Dans ce cas...

Maigret semblait dire que cela devenait tout simple, que, du moment qu'une femme détestée par tout le monde était morte, chacun n'avait plus qu'à se réjouir.

— Seulement, ils ne m'aiment pas non plus.

— A cause de ce que vous m'avez dit ?

— De cela et du reste. Je ne suis pas du pays. Je

suis né à Paris, rue Caulaincourt, dans le XVIIIe arrondissement, et ma femme est de la rue Lamarck.

— Votre femme habite avec vous Saint-André ?

— Nous vivons ensemble, avec notre fils, qui a treize ans.

— Il fréquente votre école ?

— Il n'en existe pas d'autre.

— Ses camarades lui en veulent d'être le fils de l'instituteur ?

Maigret connaissait ça aussi. Cela lui revenait de sa propre enfance. Les fils de métayers lui en voulaient, à lui, d'être le fils du régisseur qui réclamait des comptes à leur père,

— Je ne le favorise pas, je vous jure. Je le soupçonne même de le faire exprès d'être moins bon élève qu'il pourrait être.

Il s'était calmé petit à petit. On ne sentait plus la même peur dans ses yeux. Ce n'était pas un fou qui inventait une histoire pour se rendre intéressant.

— Léonie Birard m'avait choisi comme bête noire.

— Sans raison ?

— Elle prétendait que j'excitais les enfants contre elle. Je vous affirme, monsieur le commissaire, que c'est inexact. J'ai toujours essayé, au contraire, de les faire se comporter en enfants bien élevés. Elle était très grosse, énorme même. Il paraît qu'elle portait une perruque. Et elle avait de la barbe sur le visage, de vraies moustaches, des poils noirs au menton. C'est assez pour exciter des gamins, vous comprenez ? Et aussi le fait qu'un rien la mettait en colère, de voir, par exemple, un visage d'enfant collé à sa vitre, la langue tirée. Elle se levait de son fauteuil et agitait sa canne d'un air menaçant. Cela les amusait. C'était une de leurs distractions favorites d'aller mettre la mère Birard en rage.

N'y avait-il pas, dans son village aussi, une vieille de ce genre-là ? De son temps, c'était la mercière, la mère Tatin, qui tenait ce rôle et au chat de qui on faisait des misères.

— Je vous ennuie peut-être avec ces détails, mais ils ont leur importance. Il y a eu des incidents plus graves, des vitres que les gamins allaient briser chez la vieille, des ordures qu'ils jetaient par ses fenêtres. Elle s'est plainte, je ne sais combien de fois, à la gendarmerie. Le lieutenant est venu me trouver, m'a demandé le nom des coupables.

— Vous avez fourni les noms ?

— Je lui ai répondu qu'ils étaient tous plus ou moins en cause et que, si elle cessait de jouer les épouvantails en brandissant sa canne, ils se calmeraient probablement.

— Que s'est-il passé mardi ?

— Dans le début de l'après-midi, vers une heure et demie, Maria, la Polonaise qui a cinq enfants et qui fait des ménages, s'est rendue, comme chaque jour, chez la mère Birard. Les fenêtres étaient ouvertes et, de l'école, j'ai entendu ses cris, les mots qu'elle se mettait à prononcer dans sa langue comme chaque fois qu'elle est émue. Maria, qui s'appelle Maria Smelker, et qui est arrivée dans le village à seize ans, comme fille de ferme, ne s'est jamais mariée. Ses enfants sont de pères différents. On prétend que deux au moins appartiennent à l'adjoint. Celui-là aussi me déteste, mais c'est une autre histoire. Je vous en parlerai plus tard.

— Donc, mardi, vers une heure et demie, Maria a appelé au secours ?

— Oui. Je n'ai pas quitté la classe, car j'ai entendu d'autres gens se précipiter chez la vieille. Un peu plus tard, j'ai vu passer la petite auto du docteur.

— Vous n'êtes pas allé voir ?

— Non. A présent il y en a qui me le reprochent, qui prétendent que, si je ne me suis pas dérangé, c'est que je savais ce qu'on avait découvert.

— Je suppose que vous ne pouviez pas quitter votre classe ?

— J'aurais pu. Cela arrive que je la quitte un instant pour aller signer des papiers dans le bureau de la mairie. J'aurais aussi pu appeler ma femme.

— Elle est institutrice ?

— Elle l'a été.

— A la campagne ?

— Non. Nous faisions tous les deux la classe à Courbevoie, où nous sommes restés sept ans. C'est quand j'ai demandé à être nommé à la campagne qu'elle a donné sa démission.

— Pourquoi avez-vous quitté Courbevoie ?

— A cause de la santé de ma femme.

Le sujet l'ennuyait. Il répondait avec moins de franchise.

— Donc, vous n'avez pas appelé votre femme, comme il vous arrive de le faire, et vous êtes resté avec vos élèves.

— Oui.

— Que s'est-il passé ensuite ?

— Pendant plus d'une heure, il y a eu tout un remue-ménage. Le village est d'habitude très calme. On y entend les bruits de loin. Le marteau a cessé de frapper chez Marchandon, le maréchal-ferrant. Des gens s'interpellaient par-dessus les haies des jardins. Vous savez comment cela va quand un événement comme celui-là se produit. Pour empêcher les élèves de s'exciter, je suis allé fermer les fenêtres.

— Des fenêtres de l'école, vous pouvez voir dans la maison de Léonie Birard ?

— D'une des fenêtres, oui.

— Qu'est-ce que vous avez vu ?

— D'abord, le garde-champêtre, ce qui m'a frappé, puisqu'il ne parlait pas à la tante de sa femme. Et aussi Théo, l'adjoint, qui devait être à moitié ivre, comme d'habitude après dix heures du matin. J'ai aperçu aussi le docteur, d'autres voisins, tout cela qui s'agitait dans une pièce et qui regardait par terre. Plus tard, le lieutenant de gendarmerie est arrivé de La Rochelle avec deux de ses hommes. Mais je ne l'ai appris que quand il a frappé à la porte de la classe et il avait déjà eu le temps de questionner de nombreuses personnes.

— Il vous a accusé d'avoir tué Léonie Birard ?

Gastin lança au commissaire un regard de reproche qui semblait dire :

— Vous savez bien que ce n'est pas ainsi que ça se passe.

Et, d'une voix un peu sourde, il expliqua :

— J'ai tout de suite vu qu'il me regardait d'un drôle d'air. La première question qu'il m'a posée a été :

» — Vous possédez une carabine, Gastin ?

» J'ai répondu que non, mais que mon fils, Jean-Paul, en avait une. C'est encore une histoire compliquée. Vous devez savoir comment ça va avec les enfants. Tout à coup, un matin, on en voit venir en classe avec des billes et, dès le lendemain, tous les garçons jouent aux billes, ils en ont tous les poches gonflées. Un autre jour, quelqu'un sort un cerf-volant et, pour des semaines, le cerf-volant est à la mode.

» Or, l'automne dernier, je ne sais plus qui a sorti une carabine 22 avec laquelle il s'est mis à tirer les moineaux. Un mois plus tard, on comptait une demi-douzaine de carabines du même genre. Mon fils en a voulu une pour Noël. Je n'ai pas cru devoir la lui refuser...

Même la carabine rappelait des souvenirs à Maigret, à la différence que la sienne, autrefois, était à air comprimé et que les plombs ne faisaient qu'ébouriffer les plumes des oiseaux.

— J'ai dit au lieutenant qu'autant que j'en savais la carabine devait se trouver dans la chambre de Jean-Paul. Il a envoyé un de ses hommes pour s'en assurer. J'aurais dû interroger mon fils. Je n'y ai pas pensé. Il se fait que la carabine n'y était pas mais qu'il l'avait laissée dans la cabane du potager où je range la brouette et les outils.

— Léonie Birard a été tuée avec une carabine 22 ?

— C'est le plus extraordinaire. Et ce n'est pas tout. Le lieutenant m'a demandé ensuite si j'avais quitté ma classe ce matin-là et j'ai eu le malheur de répondre non.

— Vous l'aviez quittée ?

— Pour une dizaine de minutes, un peu après la récréation. Quand on vous pose une question comme celle-là, vous ne réfléchissez pas. La récréation finit à dix heures. Un peu plus tard, peut-être cinq minutes, Piedbœuf, le fermier du Gros-Chêne, est venu me demander de signer un papier dont il avait besoin pour toucher sa pension, car c'est un invalide de guerre. D'habitude, j'ai le cachet de la mairie dans ma classe. Je ne l'avais pas ce matin-là et j'ai emmené le fermier au bureau. Les élèves paraissaient calmes. Comme ma femme n'est pas bien, j'ai ensuite traversé la cour pour m'assurer qu'elle n'avait besoin de rien.

— Votre femme a une mauvaise santé ?

— Ce sont surtout les nerfs. En tout, je suis resté peut-être absent dix ou quinze minutes, plutôt dix que quinze.

— Vous n'avez rien entendu ?

— Je me souviens que Marchandon était occupé à ferrer un cheval, car j'entendais les coups de marteau sur l'enclume et il y avait dans l'air une odeur de corne brûlée. La forge est à côté de l'église, presque en face de l'école.

— C'est à ce moment-là qu'on prétend que Léonie Birard a été tuée ?

— Oui. Quelqu'un, d'un des jardins, ou d'une des fenêtres, aurait tiré sur elle alors qu'elle se tenait dans sa cuisine, qui donne derrière la maison.

— Elle est morte d'une balle de 22 ?

— C'est ce qu'il y a de plus surprenant. La balle n'aurait pas dû lui faire grand mal, tirée d'une certaine distance. Or, il se fait qu'elle lui est entrée dans la tête par l'œil gauche et est allée s'écraser sur la boîte crânienne.

— Vous êtes bon tireur ?

— Les gens le croient, parce qu'ils m'ont vu tirer à la cible, cet hiver, avec mon fils. C'est peut-être arrivé trois ou quatre fois. Autrement, je ne me suis jamais servi d'une carabine qu'à la foire.

— Le lieutenant ne vous a pas cru ?

— Il ne m'a pas nettement accusé, mais il s'est montré surpris que je ne lui aie pas avoué avoir quitté la classe. Ensuite, en dehors de ma présence, il a questionné les élèves. Il ne m'a pas parlé du résultat de son interrogatoire. Il est retourné à La Rochelle. Le lendemain, c'est-à-dire hier, il s'est installé dans mon bureau de la mairie, avec Théo, l'adjoint, à côté de lui.

— Où étiez-vous pendant ce temps-là ?

— Je faisais la classe. Sur trente-deux élèves, il n'en était venu que huit. Deux fois, on m'a appelé pour me poser les mêmes questions et, la seconde fois, on m'a fait signer ma déposition. On a questionné ma femme aussi. On lui a demandé combien de temps j'étais resté avec elle. On a interrogé mon fils au sujet de la carabine.

— Mais on ne vous a pas arrêté.

— On ne m'a pas arrêté hier. Je suis persuadé qu'on l'aurait fait aujourd'hui si j'étais resté à Saint-André. A la tombée de la nuit, des pierres ont été jetées sur notre maison. Ma femme en a été très affectée.

— Vous êtes parti, tout seul, la laissant là, votre femme, avec votre fils ?

— Oui. Je pense qu'ils n'oseront rien leur faire.

Tandis que, si on m'arrête, ils ne me donneront pas la possibilité de me défendre. Une fois enfermé, je ne pourrai plus communiquer avec l'extérieur. Personne ne me croira. Ils feront de moi ce qu'ils voudront.

Son front était à nouveau couvert de sueur et ses doigts entremêlés se serraient si fort que la circulation du sang y était interrompue.

— Peut-être ai-je eu tort ? Je me suis dit que, si je vous racontais tout, vous accepteriez peut-être de venir et de découvrir la vérité. Je ne vous offre pas d'argent. Je sais que ce n'est pas cela qui vous intéresse. Je vous jure, monsieur le commissaire, que je n'ai pas tué Léonie Birard.

Maigret, d'un geste hésitant, tendit la main vers l'appareil téléphonique, finit par décrocher le récepteur.

— Comment s'appelle votre lieutenant de gendarmerie ?

— Daniélou.

— Allô ! Appelez-moi la gendarmerie de La Rochelle. Si le lieutenant Daniélou n'y est pas, voyez si vous pouvez le toucher à la mairie de Saint-André-sur-Mer. Passez-le-moi dans le bureau de Lucas.

Il raccrocha, alluma une pipe et alla se camper devant la fenêtre. Il feignait de ne plus s'occuper de l'instituteur qui, deux ou trois fois, avait ouvert la bouche pour un remerciement mais n'avait rien trouvé à dire.

Le jaune brillant, dans l'air, l'emportait peu à peu sur le bleu, et les façades, de l'autre côté de la Seine, prenaient une couleur crémeuse, le soleil se réverbérait quelque part dans les vitres d'une mansarde.

— C'est vous qui avez demandé Saint-André-sur-Mer, patron ?

— Oui, Lucas. Reste ici un moment.

Il passa dans le bureau voisin.

— Lieutenant Daniélou ? Ici Maigret, à la Police Judiciaire de Paris. Il paraît que vous recherchez quelqu'un ?

Au l'autre bout du fil, le gendarme n'en revenait pas.

— Comment le savez-vous déjà ?

— Il s'agit de l'instituteur ?

— Oui. J'ai eu tort de ne pas m'en méfier. Je n'imaginais pas qu'il essayerait de m'échapper. Il a pris le train pour Paris, hier au soir, et...

— Vous avez des charges contre lui ?

— Très sérieuses. Et au moins un témoignage, plus qu'accablant, recueilli ce matin.

— De qui ?

— D'un de ses élèves.

— Il a vu quelque chose ?

— Oui.

— Quoi ?

— L'instituteur sortir, le mardi matin, vers dix heures vingt, de sa cabane à outils. Or, c'est à dix heures et quart que l'adjoint a entendu un coup de carabine.

— Vous avez demandé un mandat d'arrêt au juge d'instruction ?

— J'allais me rendre à La Rochelle pour le faire quand vous m'avez appelé. Comment êtes-vous au courant ? Est-ce que les journaux... ?

— Je n'ai pas lu les journaux. Joseph Gastin est dans mon bureau.

Il y eut un silence, puis le lieutenant émit un :

— Ah !

Après quoi il eut sans doute envie de poser une question. Il ne le fit pas. Maigret, de son côté, ne savait trop que dire. Il n'avait pas pris de décision. Si le soleil n'avait pas été ce qu'il était ce matin-là, si, tout à l'heure, le commissaire n'avait pas eu une bouffée de Fourras, des huîtres et du vin blanc, si, depuis plus de dix mois, Maigret n'avait pas été empêché de prendre ne fût-ce que trois jours de vacances, si...

— Allô ! Vous êtes toujours au bout du fil ?

— Oui. Qu'est-ce que vous comptez faire de lui ?

— Vous le ramener.

— Vous-même ?

C'était dit sans enthousiasme, ce qui fit sourire le commissaire.

— Remarquez que je ne me permettrai pas d'intervenir en quoi que ce soit dans votre enquête.

— Vous ne croyez pas qu'il soit...

— Je ne sais pas. Peut-être est-il coupable. Peut-être ne l'est-il pas. De toute façon je vous le ramène.

— Je vous remercie. Je serai à la gare.

Dans son bureau, il trouva Lucas qui observait curieusement l'instituteur.

— Attends-moi encore un moment. Un mot à dire au chef.

Son travail lui permettait de prendre quelques

jours de congé. Quand il revint, ce fut pour demander à Gastin :

— Il existe une auberge, à Saint-André ?

— Le *Bon Coin,* oui, tenu par Louis Paumelle.
On y mange bien, mais les chambres n'ont pas l'eau
courante.

— Vous partez, patron ?

— Demande-moi ma femme.

Tout cela s'était passé d'une façon si inattendue
que le pauvre Gastin, éberlué, n'osait pas encore
se réjouir.

— Qu'est-ce qu'il vous a dit ?

— Il va probablement vous arrêter dès que nous
arriverons à la gare.

— Mais... vous venez avec moi... ?

Maigret fit oui de la tête, saisit le récepteur que
lui tendait Lucas :

— C'est toi ? Veux-tu me préparer une petite
valise avec du linge et mes objets de toilette ?...
Oui... Oui... Je ne sais pas... Peut-être trois ou quatre
jours...

Il ajouta, guilleret :

— Je vais au bord de la mer, dans les Charentes.
En plein pays des huîtres et des moules. En attendant, je déjeune en ville. A tout à l'heure...

Il avait l'impression de jouer un bon tour à
quelqu'un, comme les gamins qui s'étaient achar-
nés si longtemps sur la vieille Léonie Birard.

— Venez avec moi manger un morceau, dit-il
enfin à l'instituteur qui se leva et le suivit comme
dans un rêve.

2

La servante du « Bon Coin »

A Poitiers, les lampes s'allumèrent tout à coup le long des quais alors que le train était en gare, mais il ne faisait pas encore noir. Ce ne fut que plus tard, alors qu'on traversait des pâturages, qu'on vit la nuit tomber, les fenêtres des fermes isolées devenir brillantes, comme des étoiles.

Puis, soudain, à quelques kilomètres de La Rochelle, un léger brouillard, qui n'était pas le brouillard de la campagne mais celui de la mer, se mêla à l'obscurité et un phare apparut un moment dans le lointain.

Il y avait deux autres personnes dans le compartiment, un homme et une femme, qui avaient lu pendant tout le voyage en levant parfois la tête pour échanger quelques phrases. Le plus souvent, surtout vers la fin, Joseph Gastin avait gardé ses yeux fatigués fixés sur le commissaire.

On franchissait des aiguillages. Des maisons

basses défilaient. Les voies devenaient plus nombreuses et enfin surgissaient les quais de la gare, les portes avec leurs écriteaux familiers, les gens qui attendaient, les mêmes, eût-on dit, que dans les gares précédentes. La portière à peine ouverte, on sentait une haleine forte et fraîche qui venait du trou noir où les voies avaient l'air de finir et, en regardant avec plus d'attention, on distinguait des mâts de bateaux, des cheminées qui se balançaient doucement, on entendait des cris de mouettes, on reconnaissait l'odeur de la marée et du goudron.

Les trois hommes en uniforme, debout près de la sortie, ne bougèrent pas. Le lieutenant Daniélou, encore jeune, avait une petite moustache sombre, des sourcils épais. Quand Maigret et son compagnon furent à quelques mètres, seulement, il s'avança, tendit la main d'un geste militaire.

— Très honoré, monsieur le commissaire, prononça-t-il.

Maigret remarquant qu'un des brigadiers tirait une paire de menottes de sa poche, murmura à l'adresse du lieutenant :

— Je ne pense pas que ce soit nécessaire.

Le lieutenant adressa un signe à son subordonné. Quelques têtes s'étaient tournées dans leur direction, pas beaucoup. Les gens marchaient en troupeau vers la sortie, alourdis par leurs valises, traversaient en diagonale la salle des pas perdus.

— Mon intention, lieutenant, n'est pas de me mêler en quoi que ce soit de votre enquête. J'espère que vous m'avez bien compris. Je ne suis pas ici à titre officiel.

— Je sais. Nous en avons parlé, le juge d'instruction et moi.

— J'espère qu'il n'est pas mécontent ?

— Il se réjouit, au contraire, de l'aide que vous pourrez nous apporter. Au point où nous en sommes, nous ne pouvons faire autrement que de le placer sous mandat d'arrêt.

Joseph Gastin qui, à un mètre d'eux, feignait de ne pas écouter, entendait forcément leur conversation.

— De toute façon, c'est dans son intérêt. Il sera plus en sûreté en prison qu'ailleurs. Vous n'ignorez pas comment on réagit dans les petites villes et les villages.

Tout cela était un peu guindé. Maigret lui-même n'était pas trop à son aise.

— Vous avez dîné ?

— Dans le train, oui.

— Vous comptez rester à La Rochelle pour la nuit ?

— On m'a dit qu'il y a une auberge à Saint-André.

— Vous me permettez de vous offrir un verre ?

Comme Maigret ne répondait ni oui, ni non, le lieutenant alla donner des instructions à ses hommes qui s'approchèrent de l'instituteur. Le commissaire, qui n'avait rien à dire à celui-ci, se contenta de le regarder gravement.

— Vous avez entendu. Il faut y passer, semblait-il s'excuser. Je ferai de mon mieux.

Gastin, lui aussi, le regarda, se retourna un peu plus tard pour un nouveau coup d'œil, franchit enfin la porte entre les deux gendarmes.

— C'est au buffet que nous serons le mieux, murmura Daniélou. A moins que vous préfériez venir jusque chez moi ?

— Pas ce soir.

Quelques voyageurs dînaient dans la salle mal éclairée.

— Qu'est-ce que vous prenez ?

— Je ne sais pas. Une fine.

Ils s'assirent dans un coin, devant une table encore dressée pour le repas.

— Vous ne mangez pas ? s'informa la serveuse.

Ils firent signe que non. Quand ils eurent leurs consommations, seulement, le lieutenant, embarrassé, questionna :

— Vous croyez qu'il est innocent ?

— Je ne sais pas.

— Jusqu'à ce que nous ayons le témoignage du gamin, il nous était possible de le laisser en liberté. Malheureusement pour lui, ce témoignage-là est formel et l'enfant paraît sincère, n'a aucune raison de mentir.

— Quand a-t-il parlé ?

— Ce matin, lorsque j'ai questionné une seconde fois toute la classe.

— Il n'avait rien dit hier ?

— Il était intimidé. Vous le verrez. Si vous le désirez, demain matin, quand j'irai là-bas, je vous communiquerai le dossier. Je passe le plus clair de mon temps à la mairie.

Une gêne subsistait. Le lieutenant paraissait impressionné par la massive silhouette et par la réputation du commissaire.

— Vous êtes habitué aux affaires et aux gens de

Paris. Je ne sais pas si vous connaissez l'atmosphère de nos petits villages.

— Je suis né dans un village. Et vous ?

— A Toulouse.

Il s'efforça de sourire.

— Vous désirez que je vous conduise là-bas ?

— Je crois que je trouverai un taxi.

— Si vous préférez. Il y en a devant la gare.

Ils se séparèrent à la portière de la voiture qui longea le quai et Maigret se pencha pour distinguer les bateaux de pêche dans l'obscurité du port.

Cela le décevait d'arriver dans la nuit. Quand on tourna le dos à la mer et qu'on quitta la ville, ce fut pour traverser des campagnes qui ressemblaient à toutes les campagnes et, après deux villages, déjà, la voiture s'arrêta devant une fenêtre éclairée.

— C'est ici ?

— Vous avez demandé le *Bon Coin,* n'est-ce pas ?

Un personnage très gros vint regarder à travers la porte vitrée, et sans ouvrir suivit les allées et venues de Maigret qui prenait sa valise, la déposait, payait la course, se dirigeait enfin vers l'auberge.

Des hommes jouaient aux cartes, dans un coin. L'auberge sentait le vin et le ragoût et de la fumée traînait autour des deux lampes.

— Vous avez une chambre libre ?

Tout le monde le regardait. Une femme vint l'observer de la porte de la cuisine.

— Pour la nuit ?

— Peut-être pour deux ou trois jours.

On l'examinait des pieds à la tête.

— Vous avez votre carte d'identité ? La gendarmerie est ici chaque matin et nous devons tenir notre livre en ordre.

Les quatre hommes ne jouaient plus, écoutaient. Maigret, qui s'était rapproché du comptoir couvert de bouteilles, tendait sa carte et le patron mettait ses lunettes pour lire. Quand il leva la tête, il eut un clin d'œil malin.

— Vous êtes le fameux commissaire, hein ? On m'appelle Paumelle, Louis Paumelle.

Il appela, tourné vers la cuisine :

— Thérèse ! Porte la valise du commissaire dans la chambre de devant.

Maigret, sans prêter spécialement attention à la femme, qui devait avoir une trentaine d'années, eut l'impression qu'il l'avait vue quelque part. Cela ne le frappa qu'après coup, comme avec les gens qu'il apercevait en passant devant le Purgatoire. Elle aussi avait paru sourciller.

— Qu'est-ce que je vous offre ?

— Ce que vous avez. Une fine si vous voulez.

Les autres, par contenance, avaient repris leur partie de belote.

— Vous êtes ici à cause de Léonie ?

— Pas officiellement.

— C'est vrai qu'ils ont retrouvé l'instituteur à Paris ?

— Il est maintenant à la prison de La Rochelle.

C'était difficile de deviner ce que Paumelle en pensait. Tout aubergiste qu'il était, il avait plutôt l'air d'un paysan dans sa ferme.

— Vous ne croyez pas que c'est lui ?

— Je ne sais pas.

— Je suppose que, si vous aviez dans l'idée qu'il est coupable, vous ne vous seriez pas dérangé. Est-ce que je me trompe ?

— Peut-être que non.

— A votre santé ! Il y a ici un homme qui a entendu le coup de feu. Théo ! N'est-ce pas vrai que tu as entendu le coup de feu ?

Un des joueurs, âgé de soixante-cinq ans, peut-être plus, les cheveux roussâtres mêlés de blanc, les joues non rasées, les yeux vagues et malicieux, se tourna vers eux.

— Pourquoi est-ce que je ne l'aurais pas entendu ?

— C'est le commissaire Maigret, qui est venu de Paris pour...

— Le lieutenant m'en a parlé.

Il ne se levait pas, ne saluait pas, tenait ses cartes crasseuses dans ses doigts aux ongles noirs. Paumelle expliquait à voix basse :

— C'est l'adjoint au maire.

Et Maigret disait à son tour, aussi laconique :

— Je sais.

— Il ne faut pas faire attention. A cette heure-ci...

Il faisait mine d'avaler un verre.

— Et toi, Ferdinand, qu'est-ce que tu as vu ?

Celui qu'on avait appelé Ferdinand n'avait qu'un bras. Son visage était du brun-rouge sanguin d'un homme qui passe ses journées au soleil.

— Le facteur, expliqua Louis. Ferdinand Cornu. Qu'est-ce que tu as vu, Ferdinand ?

— Rien du tout.

— Tu as vu Théo dans son jardin.

— Je lui ai même porté une lettre.

— Qu'est-ce qu'il faisait ?

— Il repiquait des oignons.

— A quelle heure ?

— Il était juste dix heures à l'église. Je pouvais voir l'heure au clocher, par-dessus les maisons. Belote ! Rebelote ! Je coupe du neuf... As de pique, roi de carreau maître...

Il abattait ses cartes sur la table où les verres laissaient des ronds mouillés et regardait ses partenaires d'un air de défi.

— Et merde pour ceux qui viennent nous chercher des histoires ! ajouta-t-il en se levant. C'est toi qui paies, Théo.

Ses mouvements étaient maladroits, sa démarche indécise. Il alla décrocher son képi de facteur et se dirigea vers la porte en grommelant des mots qu'on ne distinguait plus.

— Il est comme ça tous les soirs ?

— A peu près.

Louis Paumelle s'apprêtait à remplir les deux verres et Maigret l'en empêchait de la main.

— Pas maintenant... Je suppose que vous ne fermez pas tout de suite et que j'ai le temps d'aller faire un tour avant de me coucher ?

— Je vous attendrai.

Il sortit dans un silence de sacristie. Devant lui s'étendait une petite place qui n'était ni ronde, ni carrée, avec la masse sombre de l'église à droite, en face une boutique non éclairée, au-dessus de laquelle il devinait cependant les mots « Coopérative Charentaise ».

Il y avait de la lumière dans la maison du coin

qui était grise, bâtie en pierre. La lumière se trouvait au second étage. En s'approchant du seuil de trois marches, Maigret aperçut une plaque de cuivre, frotta une allumette et lut :

Xavier Bresselles
Docteur en médecine

Il faillit sonner, par désœuvrement, faute de savoir par où commencer, haussa les épaules en pensant que le docteur était probablement occupé à se mettre au lit.

La plupart des maisons étaient obscures. Il reconnut la mairie, sans étage, à la hampe du drapeau. C'était une toute petite mairie et, dans la cour, au premier étage d'un bâtiment, probablement la maison de Gastin, une lampe était allumée.

Il suivit la route, tourna à droite, longea des façades et des jardins, rencontra un peu plus tard l'adjoint au maire qui venait en sens inverse et qui émit un grognement en guise de bonsoir.

Il n'entendait pas la mer, ne la voyait nulle part. Le village endormi avait l'air de n'importe quel bourg de campagne et ne s'accordait pas avec l'idée qu'il s'était faite d'huîtres accompagnées de vin blanc, à une terrasse sur l'océan.

Il était déçu, sans raison précise. Déjà l'accueil du lieutenant, à la gare, l'avait rafraîchi. Il ne pouvait pas lui en vouloir. Daniélou connaissait le pays, où il était sans doute en fonction depuis des années. Un drame éclatait qu'il avait éclairci de son mieux, et Maigret s'en venait de Paris sans crier gare, avec l'air de penser qu'il se trompait.

Le juge d'instruction devait être mécontent aussi. Ils n'oseraient le lui montrer ni l'un ni l'autre, seraient polis, lui ouvriraient leurs dossiers. Maigret n'en restait pas moins un gêneur qui se mêlait de ce qui ne le regardait pas et il commençait à se demander ce qui l'avait décidé brusquement à faire le voyage.

Il entendit des pas, des voix, sans doute les deux autre joueurs de belote qui rentraient chez eux. Puis, plus loin, un chien jaunâtre lui frôla les jambes et il sursauta, surpris.

Quand il poussa la porte du *Bon Coin,* une seule des lampes restait allumée et le patron, derrière son comptoir, rangeait les verres et les bouteilles. Il ne portait ni gilet, ni veston. Son pantalon sombre pendait très bas sur son ventre en saillie et ses manches retroussées laissaient voir de gros bras velus.

— Découvert quelque chose ?

Il se croyait malin, devait se considérer comme le personnage le plus important du village.

— Un dernier petit verre ?

— A condition que ce soit ma tournée.

Maigret, qui depuis le matin avait envie de vin blanc de pays, but encore de la fine, parce qu'il lui semblait que ce n'était pas l'heure de prendre du vin.

— A la bonne vôtre !

— Je pensais, murmura le commissaire en s'essuyant les lèvres, que Léonie Birard n'était pas très populaire.

— C'était la pire chipie de la terre. Elle est morte. Dieu ait son âme, ou plutôt le diable, mais c'était sans aucun doute la plus méchante femme que j'aie connue. Et je l'ai connue alors qu'elle avait encore les tresses dans le dos et que nous allions tous les deux à l'école. Elle avait... attendez... trois ans de plus que moi. C'est cela. J'en ai soixante-quatre. Elle en avait donc soixante-sept. A douze ans, c'était déjà un poison.

— Ce que je ne comprends pas... commença Maigret.

— Il y a bien des choses que vous ne comprendrez pas, tout malin que vous soyez, laissez-moi vous en avertir.

— Je ne comprends pas, reprit-il, comme se parlant à lui-même, que, alors qu'elle était si détestée, les gens s'acharnent sur l'instituteur. Car enfin, même s'il l'a tuée, on s'attendrait plutôt à...

— A ce qu'on dise : *Bon débarras !* C'est ce que vous pensez, n'est-ce pas ?

— A peu près.

— Vous oubliez seulement que Léonie, elle, était d'ici.

Il remplissait les verres sans qu'on le lui demandât.

— C'est comme dans une famille, voyez-vous. On a le droit de se haïr entre soi et on ne s'en fait pas faute. Qu'un étranger s'en mêle et cela devient une autre histoire. On détestait Léonie. On déteste encore plus Gastin et sa femme.

— Sa femme aussi ?

— Surtout sa femme.

— Pourquoi ? Qu'a-t-elle fait ?

— Ici, rien.

— Pourquoi : ici ?

— On finit par tout savoir, même dans un pays

41

perdu comme le nôtre. Et nous n'aimons pas qu'on nous envoie les gens dont on ne veut plus ailleurs. Ce n'est pas la première fois que les Gastin sont mêlés à un drame.

Il était intéressant à observer, accoudé à son comptoir. Il avait évidemment envie de parler mais, chaque fois qu'il lançait une phrase, il épiait le visage de Maigret pour juger de l'effet produit, prêt à se reprendre, voire à se contredire, comme un paysan qui marchande une paire de bœufs à la foire.

— En somme, vous êtes venu sans rien savoir ?

— Seulement que Léonie Birard a été tuée d'une balle dans l'œil gauche.

— Et vous avez fait tout le voyage !

Il se moquait de Maigret, à sa manière.

— Vous n'avez pas eu la curiosité de vous arrêter à Courbevoie ?

— J'aurais dû ?

— On vous aurait raconté une belle histoire. Cela a mis du temps à venir jusqu'ici. Il n'y a guère que deux ans que les gens de Saint-André sont au courant.

— Quelle histoire ?

— La Gastin était institutrice, auprès de son mari. Ils travaillaient dans le même bâtiment, elle du côté des filles, lui du côté des garçons.

— Je sais.

— On vous a parlé aussi de Chevassou ?

— Qui est Chevassou ?

— Un conseiller municipal de là-bas, un beau gaillard, grand et fort, noir de poil, avec l'accent méridional. Il y avait aussi une Mme Chevassou. Un beau jour, à la sortie des classes, dans la rue,

Mme Chevassou a tiré une balle dans la direction de l'institutrice qu'elle a atteinte à l'épaule. Vous devinez pourquoi ? Parce qu'elle avait découvert que son mari et la Gastin se conduisaient ensemble comme truie et verrat. Il paraît qu'on l'a acquittée. Après quoi, les Gastin n'ont eu qu'à quitter Courbevoie et ils se sont découvert le goût de la campagne.

— Je ne vois pas le rapport avec la mort de Léonie Birard.

— Il n'y a peut-être pas de rapport.

— D'après ce que vous me dites, Joseph Gastin n'a rien fait de mal.

— C'est un cocu.

Louis souriait, enchanté de lui-même.

— Il en existe d'autres, bien sûr. Nous en avons plein le village. Je vous souhaite bien du plaisir. Un petit dernier ?

— Non, merci.

— Thérèse va vous montrer votre chambre. Vous lui direz à quelle heure vous avez envie qu'on vous monte votre eau chaude.

— Je vous remercie. Bonne nuit.

— Thérèse !

Celle-ci s'engagea la première dans un escalier aux marches inégales, tourna dans un couloir tapissé de papier à fleurs, ouvrit une porte.

— Eveillez-moi vers huit heures, dit-il.

Elle ne bougeait pas, restait là à le regarder comme si elle avait envie de lui confier quelque chose. Il l'observa plus attentivement.

— Je vous ai déjà rencontrée, n'est-ce pas ?

— Vous vous rappelez ?

Il ne lui avoua pas que son souvenir était plutôt vague.

— Je voudrais que vous n'en parliez pas ici.

— Vous n'êtes pas du pays ?

— Si. Mais j'en suis partie à quinze ans pour travailler à Paris.

— Vous y avez vraiment travaillé ?

— Pendant quatre ans.

— Et après ?

— Puisque vous m'y avez vue, vous le savez. Le commissaire Priollet vous dira que je n'ai pas pris le portefeuille. C'est ma copine, Lucile, et je n'étais même pas au courant.

Une image lui revint à l'esprit et il sut où il l'avait vue. Un matin, il était entré, comme cela lui arrivait souvent, dans le bureau de son collègue Priollet, le chef de la Mondaine, c'est-à-dire de la Brigade des Mœurs. Sur une chaise se trouvait une fille brune, les cheveux en désordre, qui s'essuyait les yeux et reniflait. Il y avait, dans son visage pâle, maladif, quelque chose qui l'avait attiré.

— Qu'est-ce qu'elle a fait ? avait-il demandé à Priollet.

— La vieille histoire. Une boniche qui s'est mise au tapin boulevard Sébastopol. Avant-hier, un commerçant de Béziers s'est plaint d'avoir été entôlé et nous a donné une description assez exacte, pour une fois. Hier soir, nous avons mis la main sur elle dans un musette de la rue de Lappe.

— Ce n'est pas moi ! balbutiait la fille entre deux hoquets. Je vous jure, sur la tête de ma mère, que ce n'est pas moi qui ai pris le portefeuille.

Les deux hommes avaient échangé un clin d'œil.

— Qu'est-ce que tu en penses, Maigret ?

— Elle n'a jamais été arrêtée avant ça ?

— Pas jusqu'ici.

— D'où est-elle ?

— De quelque part dans les Charentes.

C'était fréquent qu'ils jouent une petite comédie dans ce genre-là.

— Tu as retrouvé sa copine ?

— Pas encore.

— Pourquoi ne renvoies-tu pas celle-ci dans son village ?

Priollet s'était tourné gravement vers la fille.

— Vous voulez retourner dans votre village ?

— A condition qu'ils ne sachent pas, là-bas.

C'était curieux de la retrouver maintenant, plus vieille de cinq ou six ans, toujours pâle, avec de grands yeux sombres qui suppliaient le commissaire.

— Louis Paumelle est marié ? demanda-t-il à mi-voix.

— Veuf.

— Vous partagez son lit ?

Elle fit oui de la tête.

— Il sait ce que vous faisiez à Paris ?

— Non. Il ne faut pas qu'il sache. Il promet toujours de m'épouser. Il y a des années qu'il promet et un jour ou l'autre il finira bien par se décider.

— Thérèse ! appela la voix du patron au bas de l'escalier.

— Je descends tout de suite !

Et, à Maigret :

— Vous ne lui direz rien ?

Il fit non, avec un sourire encourageant.

— N'oubliez pas mon eau chaude à huit heures.

Cela lui faisait plaisir de l'avoir retrouvée parce que avec elle, en somme, il se sentait en terrain familier et c'était un peu comme de rencontrer une vieille connaissance.

Les autres aussi, qu'il n'avait fait qu'entrevoir, il avait l'impression de les connaître, parce que dans son village, il y avait un adjoint qui buvait, des joueurs de cartes — on ne jouait pas encore à la belote, mais au piquet —, un facteur qui se croyait un personnage important, et un aubergiste qui connaissait les secrets de chacun.

Leur physionomie restait gravée dans sa mémoire. Seulement, il les avait vus avec des yeux d'enfant et il se rendait compte à présent qu'il ne les avait pas vraiment connus.

Pendant qu'il se déshabillait, il entendit les pas de Paumelle qui montait, puis des heurts dans la chambre voisine. Thérèse rejoignit l'aubergiste un peu plus tard et commença à se dévêtir à son tour. Tous les deux parlaient à mi-voix, comme mari et femme qui se mettent au lit, et le dernier bruit fut un grincement de ressorts.

Il eut un certain mal à creuser son trou dans les deux énormes matelas de plume. Il retrouvait l'odeur de foin et de moisi de la campagne et, peut-être à cause des plumes, ou à cause des fines qu'il avait bues avec le patron dans des verres épais, il transpira d'abondance.

Des bruits lui parvinrent à travers son sommeil avant le lever du jour, entre autres celui d'un troupeau de vaches qui passaient devant l'auberge et poussaient parfois un meuglement. La forge ne tarda pas à travailler. En bas quelqu'un retirait les volets. Il ouvrit les yeux, vit un soleil plus brillant encore que la veille à Paris, se mit sur son séant et enfila son pantalon.

Les pieds nus dans les pantoufles, il descendit, trouva Thérèse dans la cuisine, occupée à préparer le café. Elle avait passé une sorte de robe de chambre à ramages sur sa chemise et ses jambes étaient nues, elle sentait le lit.

— Il n'est pas huit heures. Seulement six heures et demie. Vous voulez une tasse de café ? Il sera prêt dans cinq minutes.

Paumelle descendit à son tour, ni rasé, ni lavé, en pantoufles comme le commissaire.

— Je croyais que vous ne vouliez pas vous lever avant huit heures.

Ils burent leur première tasse de café dans des bols de faïence épaisse, debout, près du fourneau.

Sur la place, quelques femmes en noir, avec des paniers et des cabas, formaient un groupe.

— Qu'est-ce qu'elles attendent ? demanda Maigret.

— L'autobus. C'est le jour de marché à La Rochelle.

On entendait caqueter les poules dans les cageots.

— Qui fait la classe maintenant ?

— Hier il n'y a eu personne. Ce matin, on attend un remplaçant de La Rochelle. Il doit arriver avec le bus. Il couchera ici, dans la chambre de derrière puisque vous occupez celle de devant.

Il était rentré dans sa chambre quand l'autobus s'arrêta sur la place et il en vit descendre un jeune homme à l'air timide, porteur d'une grosse valise à soufflets, qui devait être l'instituteur.

On chargea les cageots sur le toit. Les femmes s'entassèrent à l'intérieur. Thérèse frappa à la porte.

— Votre eau chaude !

Sans insister, en regardant ailleurs, il questionna :

— Vous croyez, vous aussi, que Gastin a tué Léonie ?

Avant de répondre, elle eut un coup d'œil vers la porte entrouverte.

— Je ne sais pas, dit-elle très bas.

— Vous ne le croyez pas ?

— Cela n'a pas l'air d'être son genre. Mais ils veulent tous que ce soit lui, vous comprenez ?

Il commençait surtout à comprendre qu'il s'était chargé, sans raison, d'une tâche difficile, sinon impossible.

— Qui a intérêt à la mort de la vieille ?

— Je l'ignore. On prétend qu'elle a déshérité sa nièce quand celle-ci s'est mariée.

— A qui ira son argent ?

— Peut-être à une œuvre. Elle a changé si souvent d'avis !... Peut-être aussi à Maria-la-Polonaise...

— C'est vrai que l'adjoint lui a fait un ou deux enfants ?

— A Maria ? On le dit. Il va souvent la voir et il lui arrive de passer la nuit chez elle.

— Malgré les enfants ?

— Cela ne gêne pas Maria. Tout le monde y va.

— Paumelle aussi ?

— Cela a dû lui arriver quand elle était plus

jeune. Maintenant, elle n'est plus guère appétissante.

— Quel âge a-t-elle ?

— Environ trente ans. Elle ne prend aucun soin d'elle-même et, chez elle, c'est pis qu'une écurie.

— Thérèse ! appelait la voix du patron, comme la veille au soir.

Il valait mieux ne pas insister. Paumelle ne paraissait pas content. Peut-être était-il jaloux ? Ou simplement n'avait-il pas envie qu'elle en dise trop long au commissaire.

Quand il descendit, le jeune instituteur était en train de déjeuner et le regarda curieusement.

— Qu'est-ce que vous allez manger, commissaire ?

— Vous avez des huîtres ?

— Pas à la morte-eau.

— Elle va durer longtemps ?

— Encore cinq ou six jours.

Depuis Paris, il avait envie d'huîtres arrosées de vin blanc et il n'allait probablement pas en manger durant son séjour.

— Il y a de la soupe. Ou bien on peut vous faire des œufs et du jambon.

Il ne mangea rien du tout, but une seconde tasse de café, debout sur le seuil, à regarder la place dans le soleil, deux silhouettes qui bougeaient à l'intérieur de la « Coopérative Charentaise ».

Il hésitait à s'offrir un verre de vin blanc quand même, pour faire passer l'affreux café, quand une voix joyeuse lança, près de lui :

— Commissaire Maigret ?

L'homme était petit, mince et vif, avec un regard

jeune, encore qu'il eût passé la quarantaine. Il tendait la main d'un geste franc.

— Docteur Bresselles ! se présentait-il. Le lieutenant m'a annoncé hier qu'on vous attendait. Je suis venu me mettre à votre disposition avant d'ouvrir mon cabinet. Dans une heure, mon antichambre sera pleine.

— Vous prenez quelque chose ?

— Chez moi, si vous voulez, c'est à côté.

— Je sais.

Maigret le suivit dans la maison de pierre grise. Toutes les autres maisons du village étaient peintes à la chaux, les unes d'un blanc cru, les autres d'un ton plus crémeux, et les toits roses donnaient à l'ensemble un air guilleret.

— Entrez ! Qu'est-ce que vous avez envie de boire ?

— Depuis Paris, j'ai envie d'huîtres et de vin blanc du pays, avoua Maigret. Pour les huîtres, j'ai déjà appris que je devais m'en passer.

— Armande, alla-t-il crier à la porte. Monte une bouteille de vin blanc. Celui du casier rouge.

Il expliqua :

— C'est ma sœur. Depuis que je suis veuf, elle tient mon ménage. J'ai deux enfants, un à Niort, au lycée, l'autre qui fait son service militaire. Que pensez-vous de Saint-André ?

Tout avait l'air de l'amuser.

— J'oublie que vous n'en avez pas encore vu grand-chose. Attendez ! Comme échantillon, vous avez cette canaille de Paumelle, qui était valet de ferme et qui a épousé la propriétaire du *Bon Coin* quand son mari est mort. Elle avait vingt ans de

50

plus que Louis. Elle ne détestait pas lever le coude. Alors, comme elle était jalouse en diable et que l'argent était à elle, il l'a tuée à coups de petits verres. Vous voyez ça ? Il s'arrangeait pour la faire boire tant et plus et il n'était pas rare qu'après déjeuner elle doive déjà monter se coucher. Elle a tenu le coup sept ans, avec un foie comme un caillou, et il a pu enfin lui offrir un bel enterrement. Depuis, il couche avec ses bonnes successives. Elles s'en vont l'une après l'autre, sauf Thérèse qui a l'air de tenir bon.

La sœur entra, timide, effacée, portant un plateau sur lequel il y avait une bouteille et deux verres en cristal, et Maigret lui trouva l'air d'une servante de curé.

— Ma sœur. Le commissaire Maigret.

Elle se retirait à reculons et cela aussi semblait amuser le docteur.

— Armande ne s'est jamais mariée. Au fond, je suis persuadé que, toute sa vie, elle a attendu que je sois veuf. Maintenant, elle a enfin sa maison et elle peut me gâter comme elle aurait gâté un mari.

— Qu'est-ce que vous pensez de Gastin ?

— Un pauvre type.

— Pourquoi ?

— Parce qu'il fait ce qu'il peut, désespérément, et que les gens qui font ce qu'ils peuvent sont de pauvres types. Personne ne lui en sait gré. Il s'efforce d'enseigner quelque chose à une bande de jeunes morveux que leurs parents préféreraient garder à la ferme. Il a même essayé de les faire se laver. Je me souviens du jour où il en a renvoyé un chez lui parce qu'il avait la tête couverte de poux. Le père est accouru un quart d'heure plus tard, furieux, et il a failli y avoir une bataille.

— Sa femme est malade ?

— A votre santé ! Elle n'est pas malade à proprement parler, mais elle n'est pas bien portante non plus. Voyez-vous, j'ai appris à ne pas trop croire à la médecine. La Gastin se ronge. Elle a honte. Elle se reproche du matin au soir d'avoir fait le malheur de son mari.

— A cause de Chevassou ?

— Vous êtes au courant ? A cause de Chevassou, oui. Elle a dû l'aimer vraiment. Ce qu'on appelle une passion dévastatrice. Vous ne le croirez pas en la voyant, car c'est une petite bonne femme de rien du tout, qui ressemble à son mari comme une sœur ressemble à un frère. C'est peut-être là le malheur, au fond. Ils sont trop pareils. Chevassou, lui, qui est une grande brute pleine de vie, une sorte de taureau satisfait, en a fait ce qu'il a voulu. Elle souffre encore un peu de son bras droit, qui conserve une certaine raideur.

— Quels étaient ses rapports avec Léonie Birard ?

— Elles ne se voyaient que d'une fenêtre à l'autre, par-dessus les cours et les jardins, et Léonie lui tirait de temps en temps la langue, comme à tout le monde. Ce que je trouve de plus extraordinaire dans cette histoire-là, c'est que Léonie, qui paraissait increvable, ait été tuée avec une petite balle sortie d'une carabine d'enfant. Et ce n'est pas tout. On voit des coïncidences incroyables. Cet œil gauche, qui a été atteint, était son mauvais œil, qu'elle a toujours eu un peu fixe et qui ne voyait plus depuis des années. Qu'est-ce que vous dites de ça ?

Le docteur levait son verre. Le vin, aux reflets verdâtres, était sec et léger, avec un goût de terroir prononcé.

— A votre santé ! Ils vont tous essayer de vous mettre des bâtons dans les roues. Ne croyez rien de ce qu'ils vous diront, que ce soient les parents ou les enfants. Venez me trouver quand vous voudrez et je ferai l'impossible pour vous donner un coup de main.

— Vous ne les aimez pas ?

Les yeux du docteur se mirent à rire et il lança avec conviction :

— Je les adore. Ils sont crevants !

3

La maîtresse de Chevassou

La porte de la mairie était ouverte sur un couloir aux murs blancs, fraîchement passés à la chaux,
sur lesquels des avis administratifs étaient fixés avec
des punaises. Certaines affichettes, comme celle qui
annonçait une séance extraordinaire du conseil
municipal, étaient écrites à la main, avec le titre en
ronde, probablement par l'instituteur. Le sol était
en dalles grises, les boiseries grises aussi. La porte
de gauche devait donner dans la salle du conseil
où se trouvaient le buste de Marianne et le drapeau,
tandis que celle de droite, entrouverte, était celle
du secrétariat.

La pièce était vide, l'air y sentait le cigare
refroidi, le lieutenant Daniélou qui, pendant les
deux derniers jours, avait fait du bureau son quartier général, n'était pas encore arrivé.

Face à la porte de la rue, à l'autre bout du couloir, une porte à deux battants était ouverte sur la

cour au milieu de laquelle se dressait un tilleul. A droite de cette cour, le bâtiment bas, dont on voyait trois fenêtres, était l'école, avec des visages de garçons et de filles alignés, et, debout, la silhouette de l'instituteur remplaçant que Maigret avait aperçu à l'auberge.

Tout cela était aussi calme qu'un couvent et on n'entendait que le bruit du marteau sur l'enclume du forgeron. Il y avait des haies, au fond, des jardins, du vert tendre qui commençait à poindre sur les branches des lilas, des maisons blanches et des jaunes, des fenêtres ouvertes par-ci par-là.

Maigret se dirigea vers la gauche, vers la maison à un étage des Gastin. Quand il tendit la main pour frapper à la porte, celle-ci s'ouvrit et il se trouva sur le seuil d'une cuisine où un gamin à lunettes, assis devant la table couverte de toile cirée brune, était penché sur un cahier.

C'était Mme Gastin qui lui avait ouvert. Par la fenêtre, elle l'avait vu s'arrêter dans la cour, regarder autour de lui, s'avancer lentement.

— J'ai appris hier que vous viendriez, dit-elle en s'effaçant pour lui laisser le passage. Entrez, monsieur le commissaire. Si vous saviez quel bien cela me fait !

Elle essuyait ses mains mouillées à son tablier, se tournait vers son fils qui n'avait pas levé la tête et qui semblait ignorer le visiteur.

— Tu ne dis pas bonjour au commissaire Maigret, Jean-Paul ?

— Bonjour.

— Veux-tu monter dans ta chambre ?

La cuisine était petite mais, bien qu'il fût encore

56

tôt matin, d'une propreté méticuleuse, sans la moindre trace de désordre. Le jeune Gastin, sans protester, prenait son livre et, passant dans le couloir, s'engageait dans l'escalier qui conduisait à l'étage.

— Venez par ici, monsieur le commissaire.

Ils traversaient le couloir, eux aussi, pénétraient dans une pièce qui servait de salon et où on ne devait jamais se tenir. Il y avait un piano droit contre le mur, une table ronde, en chêne massif, des fauteuils à têtière de guipure, des photographies aux murs, des bibelots partout.

— Asseyez-vous, je vous en prie.

La maison comprenait quatre pièces, aussi petites les unes que les autres, et Maigret y avait l'impression d'être trop grand et trop large et en même temps, depuis son entrée, une autre impression, celle de se trouver soudain dans un monde irréel.

On l'avait prévenu que Mme Gastin était une femme dans le genre de son mari, mais il ne s'était pas figuré qu'elle lui ressemblait au point qu'on aurait pu effectivement les prendre pour frère et sœur. Elle avait les cheveux de la même couleur indécise, déjà rares aussi, le milieu du visage comme projeté en avant, des yeux clairs de myope. Et l'enfant, de son côté, était à la fois la caricature de son père et de sa mère.

Est-ce que, là-haut, il essayait d'entendre ce qui se disait, ou bien s'était-il replongé dans son cahier ? Il avait une douzaine d'années et avait déjà l'air d'un petit vieillard, plus exactement d'un être sans âge.

— Je ne l'ai pas envoyé en classe, expliquait

Mme Gastin en refermant la porte. J'ai pensé que cela valait mieux. Vous savez comme les enfants sont cruels.

Si Maigret était resté debout, il aurait presque rempli la pièce et il se tenait immobile dans un fauteuil, faisait signe à son interlocutrice de s'asseoir aussi, parce que cela le fatiguait de la voir debout.

Elle n'avait pas plus d'âge que son fils. Il savait qu'elle n'avait que trente-quatre ans, mais rarement il avait vu une femme abandonner à ce point toute féminité. Sous la robe de couleur indécise, le corps était maigre, fatigué ; on devinait deux seins qui pendaient ainsi que des poches vides et son dos commençait à se voûter, sa peau au lieu de se colorer au soleil de la campagne était devenue grisâtre. Jusqu'à sa voix qui était comme éteinte !

Elle s'efforçait pourtant de sourire, avançait une main timide qui touchait l'avant-bras de Maigret au moment où elle lui disait :

— Je vous suis tellement reconnaissante d'avoir eu confiance en lui !

Il ne pouvait pas lui répondre qu'il ne savait pas encore, lui avouer que c'était à cause du premier soleil de printemps sur Paris, d'un souvenir d'huîtres et de vin blanc, qu'il s'était soudain décidé à venir.

— Si vous saviez comme je m'en veux, monsieur le commissaire ! Car c'est moi qui suis responsable de tout ce qui arrive. C'est moi qui ai gâché sa vie et celle de mon fils. Je fais mon possible pour expier. J'essaie si fort, voyez-vous...

Il était aussi gêné que quand on entre sans savoir dans une maison où il y a un mort qu'on ne connaît

pas et quand on ne sait que dire. Il venait de pénétrer dans un monde à part, qui ne faisait pas partie
du village au centre duquel il se trouvait incrusté.

Ces trois-là, Gastin, sa femme et leur fils, appartenaient à une race tellement différente que le commissaire comprenait la méfiance des paysans.

— Je ne sais pas comment tout cela finira, conti-
nuait-elle après avoir poussé un soupir, mais je ne
veux pas croire que les tribunaux condamnent un
innocent. C'est un homme si extraordinaire ! Vous
l'avez vu, mais vous ne le connaissez pas. Dites-
moi, comment était-il, hier au soir ?

— Très bien. Très calme.

— C'est vrai qu'on lui a passé les menottes sur
le quai de la gare ?

— Non. Il a accompagné librement les deux gendarmes.

— Il y avait du monde pour le regarder ?

— Cela s'est passé discrètement.

— Vous croyez qu'il n'a besoin de rien ? Il est
d'une santé délicate. Il n'a jamais été très fort.

Elle ne pleurait pas. Elle avait dû tant pleurer
dans sa vie qu'il n'y avait plus de larmes en elle.
Juste au-dessus de sa tête, à droite de la fenêtre, se
trouvait la photographie d'une jeune fille presque
boulotte et Maigret ne pouvait en détacher les yeux,
se demandant si elle avait été réellement ainsi, avec
des yeux rieurs et même des fossettes aux joues.

— Vous regardez mon portrait quand j'étais
jeune ?

Il y en avait un autre, de Gastin, qui lui faisait
pendant. Il n'avait presque pas changé, sauf qu'à
cette époque il portait les cheveux assez longs, à

l'artiste, comme on disait alors, et sans doute écrivait-il des vers.

— On vous a dit ? murmura-t-elle après un coup d'œil à la porte.

Et il sentait que c'était de cela surtout qu'elle voulait parler, que c'était à cela qu'elle pensait depuis qu'on lui avait annoncé son arrivée, que c'était la seule chose qui, pour elle, importait.

— Vous faites allusion à ce qui s'est passé à Courbevoie ?

— A Charles, oui...

Elle se reprit, rougit, comme si ce prénom était tabou.

— Chevassou ?

Elle fit oui de la tête.

— Je me demande encore comment ça a pu arriver. J'ai tant souffert, monsieur le commissaire ! Et je voudrais tant qu'on m'explique ! Voyez-vous, je ne suis pas une mauvaise femme. J'ai connu Joseph quand j'avais quinze ans et j'ai tout de suite su que c'était lui que j'épouserais. Nous avons préparé notre vie ensemble. Tous les deux, nous avons décidé que nous entrerions dans l'enseignement.

— C'est lui qui vous en a donné l'idée ?

— Je crois. Il est plus intelligent que moi. C'est un homme supérieur. Parce qu'il est trop modeste, les gens ne s'en aperçoivent pas toujours. Nous avons eu notre diplôme la même année et nous nous sommes mariés ; nous avons pu, grâce à un cousin influent, être nommés ensemble à Courbevoie.

— Vous croyez que cela a un rapport avec ce qui s'est passé ici mardi ?

Elle le regarda, surprise. Il n'aurait pas dû l'interrompre, car elle en perdait le fil de ses idées.

— Tout est ma faute.

Elle fronçait les sourcils, anxieuse de s'expliquer.

— Sans ce qui s'est passé à Courbevoie, nous ne serions pas venus ici. Là-bas, Joseph était bien considéré. Ils ont des idées plus modernes, vous comprenez ? Il réussissait. Il avait de l'avenir.

— Et vous ?

— Moi aussi. Il m'aidait, me donnait des conseils. Puis voilà que, du jour au lendemain, je suis devenue comme folle. Je me demande encore ce qui m'a pris. Je ne voulais pas. Je me défendais. Je me jurais que je ne ferais jamais une chose pareille. Puis, quand Charles était là...

Elle rougit à nouveau, balbutia, comme si elle offensait Maigret lui-même en parlant de lui :

— Je vous demande pardon... Quand il était là, j'étais incapable de résister. Je ne crois pas que ce soit de l'amour, puisque j'aime Joseph, que je l'ai toujours aimé. J'étais prise d'une sorte de fièvre et je ne pensais plus à rien, pas même à notre fils, qui était tout jeune. Je l'aurais quitté, monsieur le commissaire. J'ai réellement envisagé de les quitter tous les deux, de partir n'importe où... Comprenez-vous ça ?

Il n'osait pas lui dire qu'elle n'avait sans doute jamais éprouvé un plaisir d'ordre sexuel avec son mari et que son histoire était banale. Elle avait besoin de croire son aventure exceptionnelle, besoin de se morfondre, de se repentir, de se traiter elle-même comme la dernière des femmes.

— Vous êtes catholique, madame Gastin ?

Il touchait un autre point sensible.

— Je l'étais, comme mes parents, avant de rencontrer Joseph. Lui ne croit qu'à la science et au progrès. Il déteste les prêtres.

— Vous avez cessé de pratiquer ?

— Oui.

— Depuis ce qui s'est passé, vous n'êtes pas retournée à l'église ?

— Je n'ai pas pu. Il me semble que ce serait encore le trahir. Et puis, à quoi bon ! Les premières années, ici, j'ai espéré que nous allions commencer une nouvelle vie. Les gens nous observaient avec méfiance, comme toujours dans les campagnes. J'étais cependant persuadée qu'un jour ils s'apercevraient des qualités de mon mari. Puis, on a découvert, je ne sais comment, l'histoire de Courbevoie, et les élèves eux-mêmes ont cessé d'avoir du respect pour lui. Quand je vous dis que tout est ma faute...

— Votre mari a eu des discussions avec Léonie Birard ?

— C'est arrivé. En tant que secrétaire de la mairie. C'était une femme qui créait toujours des difficultés. Il y a eu des questions d'allocations à mettre au point. Joseph est strict. Il ne connaît que son devoir, refuse de signer des certificats de complaisance.

— Elle savait ce qui vous est arrivé ?

— Comme tout le monde.

— Elle vous tirait la langue, à vous aussi ?

— Et elle me lançait des mots orduriers quand je passais devant chez elle. J'évitais de prendre ce chemin-là. Non seulement elle me tirait la langue, mais parfois, quand elle me voyait à la fenêtre, elle se retournait et troussait ses jupes. Je vous demande pardon. Cela paraît presque incroyable de la part d'une vieille femme. Elle était comme ça. Joseph n'aurait jamais eu l'idée de la tuer pour autant. Il n'aurait tué personne. Vous l'avez vu. C'est un homme doux, qui voudrait tout le monde heureux.

— Parlez-moi de votre fils.

— Que voulez-vous que je vous dise ? Il ressemble à son père. C'est un garçon calme, studieux, très avancé pour son âge. S'il n'est pas premier de la classe, c'est parce qu'on accuserait mon mari de favoriser son fils. Joseph le fait exprès de lui donner des notes plus basses que celles qu'il mérite.

— L'enfant ne se révolte pas ?

— Il comprend. Nous lui avons expliqué pourquoi il est nécessaire d'agir de la sorte.

— Il est au courant de l'affaire de Courbevoie ?

— Nous ne lui en avons jamais parlé. Ses camarades ne s'en font pas faute. Il feint de ne rien savoir.

— Il lui arrive de jouer avec les autres ?

— Au début, oui. Depuis deux ans, depuis que le village s'est mis ouvertement contre nous, il préfère rester à la maison. Il lit beaucoup. Je lui apprends le piano. Il joue déjà fort bien pour son âge.

La fenêtre était fermée et Maigret commençait à étouffer, à se demander s'il ne se trouvait figé soudain dans quelque vieil album de photographies.

— Votre mari est venu dans la maison mardi un peu après dix heures ?

— Oui. Je crois. On m'a tant de fois posé la

question, de toutes les manières, comme si on voulait à toutes forces m'obliger à me contredire, que je ne suis plus sûre de rien. D'habitude, au cours de la récréation, il entre un moment dans la cuisine et se sert une tasse de café. Je suis le plus souvent en haut à ce moment-là.

— Il ne boit pas de vin ?

— Jamais. Il ne fume pas non plus.

— Mardi, il n'est pas venu pendant la récréation ?

— Il a dit que non. J'ai dit non aussi, car il ne ment jamais. Puis on a prétendu qu'il est venu plus tard.

— Vous avez nié ?

— J'étais de bonne foi, monsieur Maigret. Bien après, je me suis souvenue d'avoir retrouvé son bol sale sur la table de la cuisine. Je ne sais pas s'il est venu pendant la récréation ou après.

— Il aurait pu se rendre dans la cabane à outils sans que vous le voyiez ?

— La chambre où j'étais, là-haut, n'a pas de fenêtre du côté du potager.

— Vous pouviez voir la maison de Léonie Birard ?

— Si j'avais regardé, oui.

— Vous n'avez pas entendu le coup de feu ?

— Je n'ai rien entendu. La fenêtre était fermée. Je suis devenue très frileuse. Je l'ai toujours été. Et, pendant les récréations, je ferme les fenêtres, même en été, à cause du bruit.

— Vous m'avez dit que les gens d'ici n'aiment pas votre mari. Je voudrais préciser ce point. Y a-t-il quelqu'un, dans le village, qui ait une animosité particulière à son égard ?

— Certainement. L'adjoint.

— Théo ?

— Théo Coumart, oui, qui habite juste derrière chez nous. Nos jardins se touchent. Dès le matin, il commence à boire du vin blanc dans son cellier, où il y a toujours une barrique en perce. A partir de dix ou onze heures, il est chez Louis et il continue à boire jusqu'au soir.

— Il ne fait rien ?

— Ses parents possédaient une grosse ferme. Lui n'a jamais travaillé de sa vie. Un après-midi que Joseph était à La Rochelle avec Jean-Paul, l'hiver dernier, il est entré dans la maison vers quatre heures et demie. J'étais là-haut en train de me changer. J'ai entendu des pas lourds dans l'escalier. C'était lui. Il était ivre. Il a poussé la porte et s'est mis à rire. Puis, tout de suite, comme il l'aurait fait dans une maison spéciale, il a essayé de me renverser sur le lit. Je l'ai griffé au visage, lui faisant une longue égratignure au nez. Le sang a coulé. Il s'est mis à jurer, criant qu'une femme comme moi n'avait pas le droit de faire la difficile. J'ai ouvert la fenêtre en menaçant d'appeler au secours. J'étais en combinaison. Il a fini par s'en aller, surtout, je crois, à cause du sang qui lui coulait du visage. Depuis, il ne m'a plus jamais adressé la parole.

» C'est lui qui mène le village. Le maire, M. Rateau, est un bouchoteur qui a tout son temps pris par ses affaires et qu'on ne voit à la mairie que les jours de conseil.

» Théo fait les élections à sa guise, rend des services, toujours prêt à signer n'importe quel papier...

— Vous ne savez pas si, mardin matin, il se trouvait dans son jardin comme il le prétend ?

— S'il le dit, c'est probablement exact, car d'autres personnes ont dû le voir. Il est vrai que, s'il leur demandait de mentir en sa faveur, ils n'hésiteraient pas à le faire.

— Cela vous ennuierait que je bavarde un moment avec votre fils ?

Elle se leva, résignée, ouvrit la porte.

— Jean-Paul ! Veux-tu descendre ?

— Pourquoi ? fit la voix, en haut.

— Le commissaire Maigret désire te dire un mot.

On entendit des pas hésitants. Le gamin parut, un livre à la main, resta d'abord debout, méfiant, dans l'encadrement de la porte.

— Avance, mon garçon. Je suppose que tu n'as pas peur de moi ?

— Je n'ai peur de personne.

Il parlait presque de la même voix sourde que sa mère.

— Tu étais en classe, mardi matin ?

Il regarda le commissaire, puis sa mère, comme s'il se demandait s'il devait répondre, même à une question aussi innocente.

— Tu peux parler, Jean-Paul. Le commissaire est avec nous.

Du regard, elle semblait demander pardon à Maigret de cette affirmation. Elle n'obtint néanmoins qu'un signe de tête de l'enfant.

— Que s'est-il passé après la récréation ?

Toujours le même silence. Maigret se transformait en un monument de patience.

— Je suppose que tu désires que ton père sorte de prison et que le vrai coupable soit arrêté ?

Il était difficile, à travers les gros verres des lunettes, de juger de l'expression de ses yeux. Il ne les détournait pas, fixait au contraire son interlocuteur bien en face, sans que bougeât un trait de son visage maigre.

— Pour le moment, continuait le commissaire, je ne sais que ce que les gens racontent. Un petit fait, sans importance apparente, peut me mettre sur une piste. Combien êtes-vous d'élèves à l'école ?

— Réponds, Jean-Paul.

Et lui, à regret :

— Trente-deux en tout.

— Qu'entends-tu par « en tout » ?

— Les petits et les grands. Tous ceux qui sont inscrits.

Sa mère expliqua :

— Il y a toujours des absents. Parfois, surtout à la belle saison, ils ne sont qu'une quinzaine, et on ne peut pas toujours envoyer les gendarmes chez les parents.

— Tu as des petits camarades ?

Il laissa tomber :

— Non.

— Il n'y en a pas un seul, parmi les enfants du village, qui soit ton ami ?

Alors, avec l'air de le défier, il prononça :

— Je suis le fils du maître d'école.

— C'est pour cela qu'ils ne t'aiment pas ?

Il ne répondit pas.

— Qu'est-ce que tu fais pendant les récréations ?

— Rien.

— Tu ne viens pas voir ta mère ?

— Non.

— Pourquoi ?

— Parce que mon père ne veut pas.

Mme Gastin expliqua encore :

— Il ne veut pas faire de différence entre son fils et les autres. Si Jean-Paul entrait ici pendant les récréations, il n'y aurait aucune raison que le fils du garde-champêtre, ou celui du boucher, par exemple, ne traverse pas la route pour aller chez lui.

— Je comprends. Te souviens-tu de ce que, mardi, ton père a fait pendant la récréation ?

— Non.

— Il ne surveille pas les élèves ?

— Oui.

— Il se tient au milieu de la cour ?

— Quelquefois.

— Il n'est pas entré ici ?

— Je ne sais pas.

Il avait rarement questionné quelqu'un d'aussi récalcitrant. S'il avait eu un adulte devant lui, il se serait probablement mis en colère et Mme Gastin le sentait, se tenait près de son fils pour le protéger, posait la main sur son épaule d'un geste conciliateur.

— Réponds poliment au commissaire, Jean-Paul.

— Je ne suis pas impoli.

— A dix heures, vous êtes tous rentrés en classe. Ton père est-il allé au tableau noir ?

A travers les rideaux de la fenêtre, il apercevait

un pan de ce tableau, avec des mots écrits à la craie, dans le bâtiment d'en face.

— Peut-être.

— C'était une classe de quoi ?

— De grammaire.

— Quelqu'un a frappé à la porte ?

— Peut-être.

— Tu n'en es pas sûr ? Tu n'as pas vu sortir ton père ?

— Je ne sais pas.

— Ecoute-moi. Quand l'instituteur quitte la classe, d'habitude, les élèves commencent à se lever, à parler, à faire les fous.

Jean-Paul se tut.

— Est-ce que c'est arrivé mardi ?

— Je ne me souviens pas.

— Tu n'es pas sorti de la classe ?

— Pourquoi ?

— Tu aurais pu, par exemple, te rendre à la toilette. Je vois que celle-ci est dans la cour.

— Je n'y suis pas allé.

— Qui est-ce qui s'est dirigé vers les fenêtres ?

— Je ne sais pas.

Maigret, maintenant, était debout et, dans ses poches, ses poings étaient serrés.

— Ecoute-moi...

— Je ne sais rien. Je n'ai rien vu. Je n'ai rien à vous dire.

Et, soudain, le gamin quitta la pièce, s'engagea dans l'escalier ; on l'entendit, là-haut, qui refermait une porte.

— Il ne faut pas lui en vouloir, monsieur le commissaire. Mettez-vous à sa place. Hier, le lieutenant l'a interrogé pendant plus d'une heure et, quand il est rentré, il ne m'a pas dit un mot, est allé s'étendre sur son lit où il est resté jusqu'au soir les yeux grands ouverts.

— Il aime son père ?

Elle ne comprit pas le sens exact de la question.

— Je veux dire : est-ce qu'il a une affection, une admiration spéciales pour son père ? Ou bien, par exemple, est-ce qu'il vous préfère ? Est-ce à vous ou à lui qu'il se confie ?

— Il ne se confie à personne. Il me préfère certainement à son père.

— Quelle a été sa réaction quand on a accusé votre mari ?

— Il a été comme vous venez de le voir.

— Il n'a pas pleuré ?

— Je ne l'ai pas vu pleurer depuis qu'il a cessé d'être bébé.

— Depuis quand possède-t-il une carabine ?

— Nous la lui avons offerte à Noël.

— Il s'en sert souvent ?

— De temps en temps il se promène, tout seul, sa carabine au bras, comme un chasseur, mais je crois qu'il tire rarement. Deux ou trois fois, il a fixé une cible de papier au tilleul de la cour, mais mon mari lui a expliqué qu'il blessait l'arbre.

— Je suppose que, s'il avait quitté la classe, mardi, pendant l'absence de votre mari, ses compagnons s'en seraient aperçus ?

— Certainement.

— Et ils l'auraient dit.

— Vous avez pu penser que Jean-Paul... ?

— Je suis obligé de penser à tout. Quel est

l'élève qui prétend avoir vu votre mari sortir de la cabane à outils ?

— Marcel Sellier.

— C'est le fils de qui ?

— Du garde-champêtre, qui est en même temps ferblantier, électricien, plombier. C'est lui aussi qui, à l'occasion, répare les toits.

— Quel âge a Marcel Sellier ?

— Le même âge que Jean-Paul, à deux ou trois mois près.

— C'est un bon élève ?

— Le meilleur, avec mon fils. Pour ne pas avoir l'air de favoriser Jean-Paul, c'est toujours à Marcel que mon mari donne la première place. Son père est intelligent aussi, travailleur. Je crois que ce sont de braves gens. Vous lui en voulez beaucoup ?

— A qui ?

— A Jean-Paul. Il a été presque grossier avec vous. Et, moi, je ne vous ai même rien offert à boire. Vous n'accepteriez pas de prendre quelque chose ?

— Je vous remercie. Le lieutenant doit être arrivé et j'ai promis de le voir.

— Vous allez continuer à nous aider ?

— Pourquoi me demandez-vous ça ?

— Parce que, à votre place, il me semble que je serais découragée. Vous êtes venu de si loin et ce que vous trouvez ici est si peu engageant...

— Je ferai de mon mieux.

Il marcha vers la porte afin d'éviter qu'elle lui prenne les mains d'un geste qu'il la sentait prête à faire et peut-être qu'elle les lui aurait baisées. Il avait hâte d'être dehors, de sentir l'air vif sur sa peau, d'entendre d'autres bruits que la voix lasse de la femme de l'instituteur.

— Je reviendrai sans doute vous voir.

— Vous croyez qu'il n'a besoin de rien ?

— S'il a besoin de quelque chose, je vous le dirai.

— Il ne faut pas qu'il choisisse un avocat ?

— Ce n'est pas nécessaire tout de suite.

Au moment où il traversait la cour sans se retourner, la porte vitrée de l'école s'ouvrit à deux battants et une nuée d'enfants se précipitèrent dehors en criant. Quelques-uns, en l'apercevant, s'arrêtèrent net, sachant sans doute par leurs parents qui il était, et se mirent à l'observer.

Il y en avait de tous les âges, des marmots de six ans et de grands garçons de quatorze ou de quinze ans qui avaient déjà l'air d'adolescents. Il y avait des filles, aussi, groupées dans un coin de la cour comme pour se mettre à l'abri des garçons.

Au-delà du couloir aux deux portes ouvertes, Maigret apercevait la voiture de la gendarmerie. Il s'arrêta devant le secrétariat, frappa. La voix de Daniélou fit :

— Entrez !

Le lieutenant, qui avait enlevé son ceinturon et déboutonné sa tunique, se leva pour lui serrer la main. Il était installé à la place de Gastin, des papiers étalés devant lui, avec les cachets de la mairie tout autour. Parce qu'elle était assise dans un coin d'ombre, Maigret n'avait pas aperçu tout de suite une grosse fille qui tenait un bébé sur le bras.

— Prenez place, monsieur le commissaire. Je suis à vous dans un instant. J'ai pris la précaution de convoquer une seconde fois tous les témoins et de reprendre les interrogatoires de bout en bout.

A cause de la présence du commissaire à Saint-André, sans aucun doute.

— Un cigare ?

— Merci. Je ne fume que la pipe.

— J'oubliais.

Lui-même fumait des cigares très noirs qu'il mâchonnait tout en parlant.

— Vous permettez ?

Et, tourné vers la fille :

— Vous dites qu'elle vous a promis de vous laisser tout ce qu'elle possédait y compris la maison ?

— Oui. Elle l'a promis.

— Devant témoins ?

Elle ne paraissait pas savoir ce que cela signifiait. En fait, elle ne paraissait pas savoir grand-chose et elle donnait plutôt l'impression d'être l'idiote du village.

C'était une grande fille épaisse, à la chair hommasse, vêtue d'une robe noire qu'on lui avait donnée, et il y avait des brins de foin dans ses cheveux non peignés. Elle sentait fort. Le bébé, lui aussi, répandait une odeur d'urine et de caca.

— Quand cette promesse a-t-elle été faite ?

— Il y a longtemps.

Ses gros yeux étaient d'un bleu presque transparent et elle fronçait les sourcils dans un effort pour comprendre ce qu'on voulait d'elle.

— Qu'appelez-vous longtemps ? Un an ?

— Peut-être un an.

— Deux ans ?

— Peut-être.

— Depuis combien de temps travaillez-vous pour Léonie Birard ?

— Attendez... Après que j'ai eu mon second enfant... Non, le troisième...

— Quel âge a-t-il ?

Ses lèvres remuèrent comme à l'église tandis qu'elle se livrait à un calcul mental.

— Cinq ans.

— Où est-il en ce moment ?

— A la maison.

— Ils sont combien à la maison ?

— Trois. J'en ai un ici et l'aîné est à l'école.

— Qui les garde ?

— Personne.

Les deux hommes échangèrent un regard.

— Il y a donc environ cinq ans que vous travaillez pour Léonie Birard. Est-ce qu'elle vous a tout de suite promis de vous léguer son argent ?

— Non.

— Après deux ans, trois ans ?

— Oui.

— Deux ou trois ?

— Je ne sais pas.

— Elle n'a pas signé de papier ?

— Je ne sais pas.

— Vous ne savez pas non plus pourquoi elle vous a fait cette promesse ?

— Pour faire enrager sa nièce. Elle me l'a dit.

— Sa nièce venait-elle la voir ?

— Jamais.

— C'est Mme Sellier, la femme du garde-champêtre, n'est-ce pas ?

— Oui.

— Le garde-champêtre n'est jamais allé la voir non plus ?

— Si.

— Ils n'étaient pas brouillés ?

— Si.

— Pourquoi allait-il chez elle ?

— Pour la menacer de lui dresser procès-verbal quand elle jetait les ordures par la fenêtre.

— Ils se disputaient ?

— Ils se criaient des injures.

— Vous aimiez votre patronne ?

Elle le fixa de ses yeux ronds, comme si l'idée qu'elle pouvait aimer ou ne pas aimer quelqu'un ne lui était jamais venue.

— Je ne sais pas.

— Elle était bonne avec vous ?

— Elle me donnait des restes.

— Des restes de quoi ?

— De nourriture. Et aussi ses vieilles robes.

— Elle vous payait régulièrement ?

— Pas beaucoup.

— Qu'est-ce que vous appelez pas beaucoup ?

— La moitié de ce que me donnent les autres quand je travaille chez elles. Mais elle me prenait toutes les après-midi. Alors...

— Vous avez assisté à des disputes avec d'autres personnes ?

— Avec presque tout le monde.

— Chez elle ?

— Elle ne sortait plus de chez elle ; elle criait des choses aux gens par la fenêtre.

— Quelles choses ?

— Des choses qu'ils avaient faites et qu'ils n'aimaient pas qu'on sache.

— De sorte que tout le monde la détestait ?

— Je crois.

— Quelqu'un la détestait-il plus particulièrement, assez pour avoir envie de la tuer ?

— Sans doute, puisqu'on l'a fait.

— Mais vous n'avez pas la moindre idée de qui peut l'avoir fait ?

— Je croyais que vous le saviez.

— Comment ?

— Puisque vous avez arrêté l'instituteur.

— Vous pensez que c'est lui ?

— Je ne sais pas.

— Vous permettez une question, intervint Maigret, tourné vers le lieutenant.

— Je vous en prie.

— Théo, l'adjoint au maire, est-il le père d'un ou plusieurs de vos enfants ?

Elle ne s'en offensa pas, parut réfléchir.

— Peut-être que oui. Je n'en suis pas sûre.

— Il s'entendait bien avec Léonie Birard ?

Elle réfléchit encore.

— Comme les autres.

— Il savait qu'elle vous avait promis de vous mettre sur son testament ?

— Je le lui ai dit.

— Quelle a été sa réaction ?

Elle ne comprit pas le mot. Il reprit :

— Qu'est-ce qu'il vous a répondu ?

— Il m'a dit de lui réclamer un papier.

— Vous l'avez fait ?

— Oui.

— Quand ?

— Il y a longtemps.

— Elle a refusé ?

— Elle a dit que tout était en ordre.

— Quand vous l'avez trouvée morte, qu'est-ce que vous avez fait ?

— J'ai crié.

— Tout de suite ?

— Dès que j'ai vu qu'il y avait du sang. J'avais d'abord cru qu'elle était évanouie.

— Vous n'avez pas fouillé les tiroirs ?

— Quels tiroirs ?

Maigret fit signe au lieutenant qu'il en avait fini. Celui-ci se leva.

— Je vous remercie, Maria. Si j'ai encore besoin de vous, je vous convoquerai.

— Elle n'a pas signé de papier ? questionna la fille, debout près de la porte, son bébé dans les bras.

— Jusqu'ici, on n'a rien trouvé.

Alors elle grommela en leur tournant le dos :

— J'aurais dû savoir qu'elle me trichait.

Ils la virent passer devant la fenêtre et elle parlait toute seule d'un air mécontent.

4

Les lettres de la postière

Le lieutenant soupira, comme pour s'excuser :

— Vous voyez ! Je fais ce que je peux.

Et c'était certainement vrai. Il le faisait avec d'autant plus de conscience qu'il y avait maintenant un témoin à son enquête, quelqu'un de la fameuse P. J. qui devait avoir un prestige tout particulier à ses yeux.

Son cas était curieux. Il appartenait à une famille connue de Toulouse et, sur les instances de ses parents, il avait fait Polytechnique, dont il était sorti avec un numéro plus qu'honorable. Au lieu, alors, de choisir entre l'armée et l'industrie, il s'était décidé pour la gendarmerie et s'était imposé deux ans de droit.

Il avait une jolie femme, de bonne famille aussi, et tous les deux passaient pour former un des couples les plus agréables de La Rochelle.

Il s'efforçait de se montrer à l'aise dans le décor

grisâtre de la mairie où le soleil ne pénétrait pas encore et où, par contraste avec la lumière du dehors, il faisait presque sombre.

— Ce n'est pas facile de découvrir ce qu'ils pensent ! remarqua-t-il en allumant un nouveau cigare.

Dans un coin de la pièce, six carabines calibre 22 étaient rangées contre le mur, dont quatre exactement semblables et une d'un modèle ancien, à la crosse sculptée.

— Je crois que je les ai toutes. S'il en reste quelque part, mes hommes les trouveront ce matin.

Il prit, sur la cheminée, une boîte en carton qui ressemblait à une boîte à pilules, en retira un morceau de plomb déformé.

— Je l'ai soigneusement examiné. J'ai suivi des cours de balistique, jadis, et nous n'avons pas d'expert à La Rochelle. Il s'agit d'une balle de plomb, ce qu'on appelle parfois une balle molle, qui s'écrase en atteignant son but, même si c'est une planche de sapin. Il est donc inutile d'y chercher les traces qu'on relève sur les autres balles et qui permettent souvent d'identifier l'arme dont on s'est servi.

Maigret faisait signe qu'il comprenait.

— Vous êtes familier avec les carabines 22, commissaire ?

— Plus ou moins.

Plutôt moins que plus, car il ne se souvenait pas de crime commis à Paris avec une arme de ce genre.

— Elles peuvent tirer au choix deux sortes de cartouches, les courtes et les longues. Les courtes ont une portée assez faible mais les 22 longues atteignent leur but à plus de cent cinquante mètres.

Sur le marbre veiné de la cheminée, d'autres morceaux de plomb, une vingtaine, formaient un petit tas.

— Nous avons procédé hier à un certain nombre d'expériences avec ces différentes carabines. La balle qui a atteint Léonie Birard est une 22 longue et son poids correspond au poids de celles que nous avons tirées.

— On n'a pas retrouvé la douille ?

— Mes hommes ont passé les jardins, derrière la maison, au peigne fin. Ils chercheront encore cet après-midi. Il n'est pas impossible que celui qui a tiré ait ramassé la douille. Ce que j'essaie de vous expliquer, c'est que nous avons très peu d'indices matériels.

— Tous ces fusils ont servi récemment ?

— Assez récemment. Il est difficile d'en juger avec exactitude car les gamins ne se donnent pas la peine de les nettoyer et de les graisser après usage. Le rapport médical, que j'ai ici, ne nous aide pas beaucoup non plus, car le docteur est incapable de déterminer, même approximativement, à quelle distance le coup a été tiré. Cela peut être aussi bien cinquante mètres que plus de cent.

Maigret bourrait sa pipe, debout près de la fenêtre, en écoutant d'une oreille distraite. En face, près de l'église, il apercevait un homme aux cheveux noirs embroussaillés qui ferrait un cheval dont un jeune homme tenait le pied.

— Le juge d'instruction et moi avons envisagé les différentes hypothèses possibles. La première qui nous est venue à l'esprit, si étrange que cela paraisse, est celle de l'accident fortuit. Le crime a quelque chose de si invraisemblable, il y avait si peu de chance de tuer l'ancienne postière avec une balle de calibre 22, que nous nous sommes demandé si elle n'avait pas été atteinte par hasard. Quelqu'un aurait pu, quelque part dans les jardins, tirer les moineaux, comme les gamins ont l'habitude de le faire. On cite des coïncidences plus étranges. Vous voyez ce que je veux dire ?

Maigret fit oui de la tête. Le lieutenant avait une envie presque enfantine de son approbation et il était touchant à force de désirer bien faire.

— C'est ce que nous avons appelé la théorie de l'accident pur et simple. Si la mort de Léonie Birard s'était produite à une autre heure de la journée, ou bien un jour de congé, ou dans une autre section du village, c'est sans doute à celle-là que nous nous serions arrêtés, car c'est la plus plausible. Seulement, à l'heure où la vieille femme a été tuée, les enfants étaient en classe.

— Tous ?

— A peu près. Trois ou quatre qui manquaient, dont une fille, habitent assez loin, dans les fermes, et n'ont pas été vus dans le village ce matin-là. Un autre, le fils du boucher, est au lit depuis près d'un mois.

» Nous avons pensé alors à une seconde possibilité, celle de la malveillance.

» Quelqu'un, n'importe quel voisin, en brouille avec la femme Birard comme ils le sont presque tous, quelqu'un qu'elle aurait nargué une fois de trop aurait pu, sous le coup de la colère, tirer de loin pour lui faire peur, ou pour casser ses vitres, sans même penser à la possibilité de la tuer.

» Je n'ai pas encore rejeté tout à fait cette hypothèse car la troisième, celle du meurtre délibéré, exige d'abord un tireur de premier ordre. Si la balle avait atteint la victime n'importe où ailleurs qu'à l'œil, elle n'aurait fait qu'une blessure sans trop de gravité. Et, pour atteindre volontairement l'œil, à une certaine distance, il aurait fallu un tireur exceptionnel.

» Ne perdez pas de vue que cela s'est passé en plein jour, dans le pâté de maisons où nous nous trouvons, à une heure où la plupart des femmes sont chez elles à faire leur ménage. Il y a tout un fouillis de cours, de jardins. Il faisait beau temps et la plupart des fenêtres étaient ouvertes.

— Vous avez essayé de déterminer où chacun se trouvait vers dix heures et quart ?

— Vous avez entendu Maria Smelker. Les autres dépositions sont à peu près aussi claires que la sienne. Les gens répondent à contrecœur. Quand ils entrent dans les détails, ceux-ci sont si confus qu'ils ne font que compliquer les choses.

— L'adjoint était dans son jardin ?

— Il semble que oui. Cela dépend si l'on se fie à l'heure de la radio ou à l'heure de l'église, car l'horloge du clocher avance de quinze à vingt minutes. Quelqu'un qui écoutait la radio prétend avoir vu Théo sur la route vers dix heures et quart, se dirigeant vers le *Bon Coin*. Au *Bon Coin* on affirme qu'il n'est arrivé que passé dix heures et demie. La femme du boucher, qui mettait du linge à sécher, dit, elle, qu'elle l'a vu entrer dans son chai pour boire un coup, comme il en a l'habitude.

— Il possède une carabine ?

— Non. Seulement un fusil de chasse à double canon. C'est pour vous montrer à quel point il est difficile d'obtenir un témoignage valable. Il n'y a que celui du gamin qui se tienne.

— Le fils du garde-champêtre ?

— Oui.

— Pourquoi n'a-t-il pas parlé le premier jour ?

— Je lui ai posé la question. Sa réponse est plausible. Vous savez sans doute que son père, Julien Sellier, a épousé la nièce de la vieille ?

— Je sais aussi que Léonie Birard a annoncé son intention de la déshériter.

— Marcel Sellier s'est dit qu'il aurait l'air de vouloir mettre son père hors de jeu. Ce n'est que le lendemain soir qu'il en a parlé à celui-ci. Et Julien Sellier nous l'a amené jeudi matin. Vous les verrez. Ce sont des gens sympathiques, à l'air franc.

— Marcel a vu l'instituteur sortir de sa cabane à outils ?

— C'est ce qu'il affirme. Les enfants, dans la classe, étaient livrés à eux-mêmes. La plupart chahutaient, Marcel Sellier, qui est plutôt d'un tempérament sérieux et calme, s'est approché de la fenêtre et a vu Joseph Gastin sortir de la cabane.

— Il ne l'y a pas vu entrer ?

— Seulement sortir. A ce moment-là, le coup devait avoir été tiré. L'instituteur continue cependant à nier avoir mis les pieds dans la cabane à outils ce matin-là. Ou il ment, ou le gamin a inventé l'histoire. Mais pourquoi ?

— En effet, pourquoi ? murmura Maigret d'un ton léger.

Il avait envie d'un verre de vin. Il lui semblait que c'était l'heure. La récréation était finie, dans la cour. Deux vieilles femmes passaient avec des sacs à provisions, se dirigeant vers la coopérative.

— Je pourrais jeter un coup d'œil à la maison de Léonie Birard ? demanda-t-il.

— Je vous accompagne. J'ai la clef.

Elle se trouvait sur la cheminée aussi. Il la fourra dans sa poche, boutonna sa tunique et mit son képi. L'air, dehors, sentait quand même la mer, pas assez au goût de Maigret, cependant. Ils se dirigèrent tous les deux vers le coin de la rue et, devant chez Louis Paumelle, le commissaire prononça naturellement :

— On prend un verre ?

— Vous croyez ? fit le lieutenant, embarrassé.

Ce n'était pas le genre d'homme à boire dans un bistro ou dans une auberge. L'invitation le gênait et il ne savait comment refuser.

— Je me demande si...

— Juste un coup de blanc sur le pouce.

Théo était là, assis dans un coin, ses longues jambes étendues, une chopine de vin et un verre à portée de la main. Le facteur, qui avait un crochet de fer à la place du bras gauche, se tenait debout devant lui. Tous les deux se turent à leur entrée.

— Qu'est-ce que je vous sers, messieurs ? questionna Louis derrière son comptoir, les manches haut troussées.

— Une chopine.

Daniélou, mal à l'aise, cherchait une contenance. C'était peut-être pour cela que l'adjoint les regardait tous les deux avec des yeux rigoleurs. Il était grand et il devait avoir été gras. Quand il avait maigri, sa peau avait pris l'aspect d'un vêtement trop large qui faisait des plis.

On lisait dans son regard l'assurance narquoise du paysan à laquelle s'ajoutait celle d'un politicien habitué à tripatouiller les élections municipales.

— Alors, que devient cette canaille de Gastin ? questionna-t-il, comme s'il ne s'adressait à personne en particulier.

Et Maigret, sans trop savoir pourquoi, répliqua sur le même ton :

— Il attend que quelqu'un aille prendre sa place.

Cela choqua le lieutenant. Le facteur, lui, tourna vivement la tête.

— Vous avez découvert quelque chose ? demanda-t-il.

— Vous devez connaître le pays mieux que n'importe qui, vous qui en faites la tournée tous les jours.

— Et quelle tournée ! Avant, il n'y a pas si longtemps, il existait encore des gens qui ne recevaient pour ainsi dire jamais de lettres. Je me souviens de certaines fermes où je ne mettais les pieds qu'une fois par an, pour le calendrier. Maintenant, non seulement chacun reçoit un journal, qu'il faut porter à domicile, mais il n'y a personne qui ne réclame une allocation ou une pension. Si vous saviez ce que cela fait de papiers !...

Il répéta, l'air accablé :

— Des papiers ! Des papiers !

A son ton, on aurait pu croire que c'était lui qui les remplissait.

— D'abord les anciens combattants. Ça, je le comprends. Puis les pensions de veuves. Ensuite les assurances sociales, les allocations pour familles nombreuses. Et les allocations pour...

Il se tournait vers l'adjoint.

— Tu t'y retrouves, toi ? Je me demande s'il reste une seule personne dans tout le village qui ne touche rien du gouvernement. Et je suis sûr que certains font des enfants rien que pour les allocations.

Son verre embué à la main, Maigret questionna gaiement :

— Vous pensez que les allocations sont pour quelque chose dans la mort de Léonie Birard ?

— On ne sait jamais.

C'était sans doute une idée fixe. Il devait recevoir une pension, lui aussi, pour son bras. Il était payé par le gouvernement. Et cela l'enrageait que les autres passent également à la caisse. Il était jaloux, en somme.

— Donne-moi une chopine, Louis.

Les yeux de Théo riaient toujours. Maigret buvait son verre à petites gorgées et cela ressemblait presque à l'idée qu'il s'était faite de son voyage au bord de la mer. L'air était de la même couleur que le vin blanc, avait le même goût. Deux poules, sur la place, picoraient la terre dure où elles ne devaient guère trouver de vers. Thérèse, dans la cuisine, épluchait des oignons et s'essuyait parfois les yeux du coin de son tablier.

— Nous y allons ?

Daniélou, qui n'avait fait que tremper les lèvres dans son verre, le suivit, soulagé.

— Vous ne trouvez pas que ces paysans ont l'air

de se moquer de nous ? murmura-t-il, une fois
dehors.

— Parbleu !

— On dirait que cela vous amuse.

Maigret ne répondit pas. Il commençait à prendre
pied dans le village et ne regrettait plus d'avoir
quitté le Quai des Orfèvres. Ce matin, il n'avait pas
téléphoné à sa femme comme il le lui avait promis. Il n'avait même pas aperçu le bureau de poste.
Il faudrait qu'il y pense tout à l'heure.

Ils passèrent devant une mercerie derrière les
vitres de laquelle le commissaire aperçut une femme
si vieille et si décharnée qu'on se demandait comment elle ne se brisait pas.

— Qui est-ce ?

— Elles sont deux, à peu près du même âge, les
demoiselles Thévenard.

Deux vieilles filles tenaient une boutique dans
son village natal aussi. C'était à croire que les habitants des villages de France sont interchangeables.
Des années avaient passé. Les routes s'étaient gar-
nies d'autos rapides. Des autobus et des camion-
nettes avaient remplacé les carrioles. On voyait des
cinémas un peu partout. On avait inventé la radio
et bien d'autres choses. Et pourtant Maigret retrouvait ici les personnages de son enfance, figés dans
leurs attitudes comme sur une image d'Epinal.

— Voici la maison.

Elle était vieille et c'était la seule, dans la rue, à
n'avoir pas reçu une couche de crépi depuis des
années. Le lieutenant introduisit la grosse clef dans
la serrure d'une porte peinte en vert, qu'il poussa,
et une odeur douceureuse leur parvint, la même qui

devait régner chez les deux vieilles filles d'à côté, une odeur qu'on ne trouve que dans les endroits où de très vieilles personnes vivent confinées.

La première pièce ressemblait un peu à celle dans laquelle Mme Gastin l'avait reçu, à la différence que les meubles de chêne étaient moins bien cirés, les fauteuils plus fatigués et qu'il y avait une énorme garniture de cheminée en cuivre. Il y avait aussi, dans un coin, un lit qu'on avait dû apporter d'une autre pièce et qui était encore défait.

— Les chambres à coucher sont là-haut, expliquait le lieutenant. Depuis quelques années, Léonie Birard ne voulait plus monter l'escalier. Elle vivait au rez-de-chaussée, couchait dans cette pièce. On n'a touché à rien.

Au-delà de la porte entrouverte se trouvait une cuisine assez grande, avec un âtre de pierre à côté duquel on avait installé un fourneau à charbon. Le tout était sale. Sur le fourneau, des casseroles avaient dessiné des cercles roussâtres. Des éclaboussures étoilaient les murs. Devant la fenêtre, le fauteuil de cuir devait être celui dans lequel la vieille femme passait la plus grande partie de ses journées.

Maigret comprit pourquoi elle se tenait plus volontiers dans cette pièce que dans celle de devant. Il ne passait presque personne sur la route, qui conduisait à la mer, tandis que, derrière, on apercevait, comme de chez l'instituteur, la partie la plus vivante des maisons, les cours et les jardins, y compris la cour de l'école.

C'était presque intime. De son fauteuil, Léonie Birard participait à l'existence quotidienne d'une dizaine de ménages et, si elle avait de bons yeux, elle pouvait savoir ce que chacun mangeait.

— Inutile de vous dire que le trait à la craie désigne l'endroit où elle a été trouvée. La tache que vous voyez...

— Je comprends.

— Elle n'avait pas beaucoup saigné.

— Où est-elle en ce moment ?

— On l'a transportée à la morgue de La Rochelle, pour l'autopsie. Les obsèques ont lieu demain matin.

— On ne sait toujours pas qui hérite ?

— J'ai cherché partout un testament. J'ai téléphoné à un homme d'affaires, un avoué de La Rochelle. Elle lui a souvent parlé de rédiger un testament mais elle ne l'a jamais fait devant lui. Il a en dépôt des titres qui lui appartiennent, des obligations, l'acte de propriété de la maison où nous sommes et d'une autre qu'elle possède à deux kilomètres d'ici.

— De sorte que, si on ne trouve rien, sa nièce héritera ?

— J'en ai l'impression.

— Qu'est-ce qu'elle en dit ?

— Elle ne semble pas y compter. Les Sellier ne sont pas malheureux. Sans être riches, ils ont une bonne petite affaire. Vous les verrez. Je n'ai pas votre habitude des gens. Ceux-là me paraissent francs, honnêtes, travailleurs.

Maigret s'était mis à ouvrir et à refermer des tiroirs, découvrant les ustensiles de cuisine à moitié rouillés, des objets héréroclites, de vieux boutons, des clous, des factures, pêle-mêle avec des bobines sur lesquelles il n'y avait plus de fil, des bas, des épingles à cheveux.

Il retourna dans la première pièce où se trouvait une commode ancienne qui n'était pas sans valeur et, là aussi, ouvrit des tiroirs.

— Vous avez examiné ces papiers ?

Le lieutenant rougit légèrement, comme si on le prenait en faute ou comme si on le mettait en face de réalités déplaisantes.

Il avait eu le même air, dans le bistro de Louis, quand il avait été forcé de saisir le verre de vin blanc que Maigret lui tendait.

— Ce sont des lettres.

— Je vois.

— Elles datent de plus de dix ans, du temps où elle était encore receveuse des postes.

— Autant que j'en juge, ces lettres ne lui étaient pas adressées.

— C'est exact. Je verserai, bien entendu, cette correspondance au dossier. J'en ai parlé au juge. Je ne peux pas tout faire à la fois.

Chaque lettre était encore dans son enveloppe, on y lisait des noms différents : Evariste Cornu, Augustin Cornu, Jules Marchandon, Célestin Marchandon, Théodore Coumart, d'autres encore, des noms de femme aussi y compris celui des deux sœurs Thévenard, les demoiselles de la mercerie.

— Si je comprends bien, Léonie Birard, au temps où elle était postière, ne remettait pas *tout* le courrier à ses destinataires.

Il parcourut quelques lettres :

Chère maman,

La présente pour te dire que je me porte bien et que j'espère que tu es de même. Je suis contente chez mes nouveaux patrons, sauf que le grand-père, qui vit avec eux, tousse toute la journée et crache par terre...

Une autre disait :

J'ai rencontré cousin Jules dans la rue et il a eu honte en me voyant. Il était complètement saoul et j'ai cru un moment qu'il ne m'avait pas reconnu.

Léonie Birard n'ouvrait évidemment pas toutes les lettres. Elle semblait s'intéresser davantage à certaines familles qu'à d'autres, en particulier aux Cornu et aux Rateau qui étaient nombreux dans le pays.

Plusieurs enveloppes portaient le timbre du Sénat. Elles étaient signées d'un politicien connu qui était mort deux ans auparavant.

Mon cher ami,

J'ai bien reçu votre lettre au sujet de la tempête qui a ravagé vos bouchots et emporté plus de deux cents poteaux. Je suis prêt à faire le nécessaire afin que les fonds prévus pour les victimes des calamités nationales...

— Je me suis renseigné, expliqua le lieutenant. Les bouchots consistent en pieux de sapin plantés dans la mer et reliés entre eux par des fascines.

C'est là que l'on installe les grappes de jeunes moules afin qu'elles s'y engraissent. A chaque marée un peu forte, un certain nombre de poteaux sont emportés par la mer. Ils coûtent cher, car on les fait venir de loin.

— De sorte que les malins les font payer par le gouvernement au titre de calamité nationale !

— Le sénateur était très populaire, fit Daniélou, mi-figue, mi-raisin. Il n'a jamais eu de peine à être réélu.

— Vous avez lu toutes ces lettres !

— Je les ai parcourues.

— Elles ne fournissent aucune indication ?

— Elles expliquent que la Birard ait été détestée par tout le village. Elle en savait trop sur chacun. Elle devait leur sortir leurs quatre vérités. Je n'ai cependant rien trouvé de réellement grave, rien d'assez grave en tout cas pour que quelqu'un, surtout après dix ans, décide de la supprimer en lui tirant une balle dans la tête. La plupart de ceux à qui ces lettres étaient adressées sont morts et leurs enfants se soucient peu de ce qui s'est passé autrefois.

— Vous emportez ces lettres ?

— Il n'est pas indispensable que je les prenne ce soir. Je puis vous laisser la clef de la maison. Vous ne désirez pas monter à l'étage ?

Maigret y alla, par acquit de conscience. Les deux pièces, pleines d'objets héréroclites et de meubles en mauvais état, ne lui apprirent rien.

Dehors, il accepta la clef que le lieutenant lui tendait.

— Qu'est-ce que vous faites, à présent ?

— A quelle heure finit la classe ?

— Celle du matin finit à onze heures et demie. Certains élèves, qui n'habitent pas trop loin, rentrent chez eux pour déjeuner. D'autres, ceux des fermes et du bord de la mer, mangent à l'école les tartines qu'ils ont apportées. La classe recommence à une heure et demie et se termine à quatre heures.

Maigret tira sa montre de sa poche. Il était onze heures dix.

— Vous restez dans le village ?

— Il faut que j'aille voir le juge d'instruction, qui a interrogé l'instituteur ce matin, mais je reviendrai dans le courant de l'après-midi.

— A tout à l'heure.

Maigret lui serra la main. Il avait envie d'un autre verre de vin blanc avant la fin des classes. Il resta un moment, debout dans le soleil, à regarder le lieutenant s'éloigner d'un pas léger, comme délivré d'un grand poids.

Théo était toujours chez Louis. On voyait aussi, dans le coin opposé, un vieux presque en haillons, aux allures de clochard, à la barbe blanche et hirsute. Se versant à boire d'une main qui tremblait, il n'accorda à Maigret qu'un regard indifférent.

— Une chopine ? questionna Louis.

— Du même que tout à l'heure.

— Je n'ai que celui-là. Je suppose que vous mangerez ici ? Thérèse est en train de cuire un lapin dont vous me direz des nouvelles.

La bonne se montra.

— Vous aimez le lapin au vin blanc, monsieur Maigret ?

Ce n'était que pour le voir, pour lui jeter un coup

d'œil complice, où il y avait de la reconnaissance. Il ne l'avait pas trahie. Elle en était soulagée, devenait presque jolie.

— File dans ta cuisine.

Une camionnette s'arrêta, un homme entra, en tenue de boucher. A l'encontre de la plupart des bouchers, il était maigre et mal portant, avec le nez de travers et de mauvaises dents.

— Un pernod, Louis.

Il se tourna vers Théo qui souriait aux anges.
— Salut, toi, vieux brigand.

L'adjoint se contenta d'un vague signe de la main.

— Pas trop fatigué ? Quand je pense qu'il existe des fainéants de ton espèce !

Il s'en prit à Maigret.

— Alors, c'est vous, à ce qu'il paraît, qui allez découvrir le pot aux roses.

— J'essaie !

— Essayez dur. Si vous découvrez quelque chose, vous mériterez une décoration.

Ses moustaches tombantes trempaient dans son verre.

— Comment va ton fils ? questionna Théo, de son coin, les jambes toujours paresseusement étendues.

— Le docteur prétend qu'il est temps qu'il marche. C'est facile à dire. Dès qu'on le met debout, il tombe. Les docteurs n'y connaissent rien. Pas plus que les adjoints !

Il avait l'air de plaisanter mais, au fond, on sentait de l'amertume dans sa voix.

— Tu as fini ta journée ?

— Il me reste à passer à Bourrages.

Il se fit servir un second verre, l'avala d'un trait, s'essuya les moustaches et lança à Louis :

— Mets ça sur le compte avec le reste.

Puis, au commissaire :

— Je vous souhaite du plaisir !

Enfin, en passant, il heurta, exprès, les jambes de Théo.

— Salut, crapule !

On le vit mettre son moteur en marche et la camionnette fit demi-tour sur place.

— Son père et sa mère sont morts tuberculeux, expliqua Louis. Sa sœur est dans un sanatorium. Il a un frère interné comme fou.

— Et lui ?

— Il se défend comme il peut, vend sa viande dans les campagnes d'alentour. Il a essayé de monter une boucherie à La Rochelle et a mangé tout l'argent qu'il a voulu.

— Il a plusieurs enfants ?

— Un fils et une fille. Les deux autres sont morts dès leur naissance. Le fils a été renversé par une motocyclette, il y a un mois, et il est toujours dans le plâtre. La fille, qui a sept ans, doit être à l'école. Quand il aura fini sa tournée, il aura avalé une bonne demi-bouteille de Pernod.

— Ça t'amuse ? questionna la voix railleuse de Théo.

— Qu'est-ce qui m'amuse ?

— De raconter tout ça.

— Je ne dis de mal de personne.

— Tu veux que je raconte tes petites affaires ?

96

Louis parut effrayé, saisit une chopine pleine sous son comptoir et alla la poser sur la table.

— Tu sais bien qu'il n'y a rien à raconter. Il faut quand même faire la conversation, non ?

Au fond, Théo avait l'air de jubiler. Sa bouche ne souriait pas, mais il y avait de drôles de lueurs dans ses yeux. Maigret ne pouvait s'empêcher de penser à une sorte de vieux faune à la retraite. Il était là, planté au milieu du village, comme un dieu malicieux qui savait tout ce qui se passait derrière les murs, derrière les fronts, et qui jouissait en solitaire du spectacle qu'on lui donnait.

Ce n'était pas tellement en ennemi qu'il regardait Maigret qu'en égal.

— Vous êtes un homme très malin, semblait-il dire. Vous passez pour un as dans votre partie. A Paris, vous découvrez tout ce qu'on essaie de vous cacher.

» Seulement, j'en suis un autre. Et, ici, c'est moi qui sais.

» Essayez ! Jouez votre jeu. Questionnez les gens. Tirez-leur les vers du nez.

» On verra bien si vous finissez par y comprendre quelque chose !

Il couchait avec Maria, qui était sale et sans charme. Il avait essayé de coucher avec Mme Gastin, qui n'avait plus rien d'une femme. Il buvait du matin au soir, sans jamais s'enivrer tout à fait, flottant dans un univers à lui qui devait être drôle puisque cela le faisait sourire.

La vieille Birard, elle aussi, connaissait les petits secrets du village mais elle en était ulcérée, cela agissait sur elle comme un poison qu'il lui fallait ressortir d'une façon ou d'une autre.

Lui les regardait, les narguait, et, quand quelqu'un avait besoin d'un certificat de complaisance pour toucher une de ces allocations qui mettaient le facteur en rage, il le lui donnait, appliquait sur le papier un des cachets de la mairie qu'il avait toujours dans la poche de son pantalon flasque.

Il ne les prenait pas au sérieux.

— Une autre, commissaire ?

— Pas maintenant.

Maigret entendait des voix d'enfants du côté de l'école. Ceux qui allaient déjeuner chez eux sortaient. Il en vit deux ou trois qui passaient sur la place.

— Je serai ici dans une demi-heure.

— Le lapin sera prêt.

— Toujours pas d'huîtres ?

— Pas d'huîtres.

Les mains dans les poches, il se dirigea vers la boutique des Sellier. Un gamin venait d'y pénétrer avant lui, se faufilant entre les seaux, les arrosoirs, les sulfateuses qui encombraient le plancher et qui pendaient au plafond. Il y avait des ustensiles partout, dans une lumière poussiéreuse.

Une voix de femme questionna :

— Vous désirez ?

Il dut fouiller la pénombre pour apercevoir un visage assez jeune, la tache claire d'un tablier à carreaux bleus.

— Votre mari est ici ?

— Derrière, dans l'atelier.

98

Le gamin avait pénétré dans la cuisine et se lavait les mains à la pompe.

— Si vous voulez venir par ici, je vais l'appeler.

Elle savait qui il était et ne paraissait pas effrayée. Dans la cuisine, qui était le centre vital de la maison, elle lui avançait une chaise à fond de paille, ouvrait une porte qui donnait sur la cour.

— Julien !... Quelqu'un pour toi...

Le gamin s'essuyait les mains en observant Maigret avec curiosité. Et, lui aussi, faisait remonter des souvenirs d'enfance à l'esprit du commissaire. Dans sa classe, dans toutes les classes où il s'était trouvé, il y avait toujours eu un enfant plus gros que les autres, avec le même air à la fois candide et appliqué que celui-ci, le même teint clair, les mêmes gestes d'enfant bien élevé.

Sa mère n'était pas grosse mais son père, qui parut un instant plus tard, pesait plus de cent kilos ; il était très grand, très large, avec un visage presque poupin et des yeux naïfs.

Il s'essuya les pieds au paillasson avant d'entrer. Trois couverts étaient dressés sur la table ronde.

— Vous permettez ? murmura-t-il en se dirigeant à son tour vers la pompe.

On sentait qu'ici il existait des rites, que chacun accomplissait certains gestes à certains moments de la journée.

— Vous alliez vous mettre à table ?

Ce fut la femme qui répondit :

— Pas tout de suite. Le dîner n'est pas prêt.

— A vrai dire, je désire surtout avoir un moment d'entretien avec votre fils.

Le père et la mère regardèrent le garçon sans montrer de surprise ni d'inquiétude.

— Tu entends, Marcel ? dit le père.

— Oui, papa.

— Réponds aux questions du commissaire.

— Oui, papa.

Tourné vers Maigret, bien en face, il prit l'attitude d'un élève qui s'apprête à répondre à son maître d'école.

5

Les mensonges de Marcel

Au moment où Maigret allumait sa pipe, prit place une sorte de cérémonial muet qui, plus que tout ce qu'il avait vu depuis la veille à Saint-André, rappela au commissaire le village de son enfance. Un instant, même, ce fut une de ses tantes, en tablier à carreaux bleus, elle aussi, les cheveux relevés en chignon sur la tête, qui se substitua à Mme Sellier.

Celle-ci avait regardé son mari, simplement, en écarquillant tout juste un peu les prunelles, et le grand Julien avait compris le message, s'était dirigé vers la porte de la cour où il avait disparu un instant. Quant à elle, sans attendre son retour, elle avait ouvert le buffet, pris deux verres du service, ceux qu'on n'employait que quand il y avait une visite, et elle les essuyait avec un torchon propre.

Quand le ferblantier revint, il avait une bouteille de vin bouché à la main. Il ne dit rien. Personne n'avait rien à dire. Quelqu'un venu de très loin, ou d'une autre planète, aurait pu penser que ces gestes-là faisaient partie d'un culte. On écouta le bruit du bouchon qui sortait du goulot, le glouglou du vin doré dans les deux verres.

Un petit peu intimidé, Julien Sellier en saisit un qu'il regarda en transparence, prononça enfin :

— A votre santé.

— A votre santé, répondit Maigret.

Après quoi l'homme se retira dans l'ombre de la pièce tandis que sa femme s'approchait du poêle.

— Dis-moi, Marcel, commença le commissaire en revenant au garçon qui n'avait pas bougé, je suppose que tu n'as jamais menti ?

S'il y eut une hésitation, elle fut brève, accompagnée d'un coup d'œil rapide dans la direction de sa mère.

— Si, monsieur.

Il s'empressa d'ajouter :

— Mais je me suis toujours confessé.

— Tu veux dire que tu es allé ensuite à confesse ?

— Oui, monsieur.

— Tout de suite après ?

— Le plus vite possible, parce que je ne voudrais pas mourir en état de péché.

— Ce ne devaient pourtant pas être des mensonges importants ?

— Assez importants.

— Cela te gênerait beaucoup de m'en citer un, comme exemple ?

— Il y a eu la fois que j'ai déchiré mon pantalon en grimpant à un arbre. Quand je suis rentré, j'ai prétendu que je m'étais accroché à un clou dans la cour de Joseph.

— Tu es allé te confesser le jour même ?

— Le lendemain.

— Et quand as-tu avoué la vérité à tes parents ?

— Seulement une semaine après. Une autre fois, je suis tombé dans la mare en pêchant des grenouilles. Mes parents me défendent d'aller jouer autour de la mare, parce que j'attrape facilement des rhumes. Mes vêtements étaient tout mouillés. J'ai prétendu qu'on m'avait poussé alors que je franchissais le petit pont au-dessus du ruisseau.

— Tu as encore attendu une semaine pour leur dire la vérité ?

— Seulement deux jours.

— Cela t'arrive souvent de mentir de la sorte ?

— Non, monsieur.

— Une fois tous les combien de temps à peu près ?

Il prit la peine de réfléchir, toujours comme à un examen oral.

— Pas même une fois par mois.

— Tes amis mentent davantage ?

— Pas tous. Il y en a.

— Ils se confessent ensuite, comme toi ?

— Je ne sais pas. Sans doute qu'ils le font.

— Tu es ami avec le fils de l'instituteur ?

— Non, monsieur.

— Tu ne joues pas avec lui ?

— Il ne joue avec personne.

— Pourquoi ?

— Peut-être parce qu'il n'aime pas jouer. Ou

bien, parce que son père est le maître d'école. J'ai essayé d'être son ami.

— Tu n'aimes pas M. Gastin ?

— Il est injuste.

— En quoi est-il injuste ?

— Il me donne toujours les meilleures marques, même quand c'est son fils qui les mérite. Je veux bien être le premier de la classe quand c'est à moi de l'être, mais pas autrement.

— Pourquoi crois-tu qu'il agisse ainsi ?

— Je ne sais pas. Peut-être parce qu'il a peur.

— Peur de quoi ?

L'enfant essaya de trouver une réponse. Il sentait certainement ce qu'il aurait voulu dire mais se rendait compte que c'était trop compliqué, qu'il ne trouverait pas les mots. Il se contenta de répéter :

— Je ne sais pas.

— Tu te souviens bien de la matinée de mardi ?

— Oui, monsieur.

— Qu'as-tu fait pendant la récréation ?

— J'ai joué avec les autres.

— Que s'est-il passé un peu après que vous êtes rentrés en classe ?

— Le père Piedbœuf, du Gros-Chêne, est venu frapper à la porte et M. Gastin s'est dirigé avec lui vers la mairie après nous avoir recommandé de rester tranquilles.

— Cela arrive souvent ?

— Oui, monsieur. Assez souvent.

— Vous restez tranquilles ?

— Pas tous.

— Personnellement, tu restes tranquille ?

— La plupart du temps.

— Quand était-ce arrivé auparavant ?

— Encore la veille, lundi, pendant l'enterrement. Quelqu'un est venu pour faire signer un papier.

— Qu'est-ce que tu as fait, mardi ?

— Je suis d'abord resté à ma place.

— Tes camarades avaient commencé à chahuter ?

— Oui, monsieur. La plupart.

— Que faisaient-ils exactement ?

— Ils se battaient pour rire, se lançaient des choses à la tête, des gommes, des crayons.

— Ensuite ?

S'il hésitait parfois avant de répondre, ce n'était pas par embarras, mais comme quelqu'un qui s'efforce de trouver une réponse précise.

— Je suis allé à la fenêtre.

— Quelle fenêtre ?

— Celle par laquelle on voit les cours et les potagers. C'est toujours à celle-là que je vais regarder.

— Pourquoi ?

— Je ne sais pas. C'est la plus proche de mon banc.

— Ce n'est pas parce que tu venais d'entendre une détonation que tu t'es dirigé vers la fenêtre ?

— Non, monsieur.

— S'il y avait eu une détonation, dehors, tu l'aurais entendue ?

— Peut-être que non. Les autres faisaient beaucoup de bruit. Et, à la forge, ils étaient occupés à ferrer un cheval.

— Tu as une carabine 22 ?

— Oui, monsieur. Je l'ai portée hier à la mairie

comme les autres. On a demandé à tous ceux qui ont une carabine de la porter à la mairie.

— Pendant l'absence de l'instituteur tu n'as pas quitté la classe ?

— Non, monsieur.

Maigret parlait d'une voix calme, encourageante. Mme Sellier, par discrétion, était allée mettre de l'ordre dans la boutique tandis que son mari, son verre à la main, regardait Marcel avec satisfaction.

— Tu as vu l'instituteur traverser la cour ?

— Oui, monsieur.

— Tu l'as vu qui se dirigeait vers la cabane à outils ?

— Non, monsieur. Il en revenait.

— Tu l'as vu sortir de la cabane ?

— Je l'ai vu refermer la porte. Ensuite, il a traversé la cour et j'ai soufflé aux autres :

» — Attention !

» Tout le monde a repris sa place. Moi aussi.

— Tu joues beaucoup avec tes camarades ?

— Pas beaucoup, non.

— Tu n'aimes pas jouer ?

— Je suis trop gros.

Il rougit en disant cela, jeta un coup d'œil à son père comme pour lui demander pardon.

— Tu n'as pas d'amis ?

— J'ai surtout Joseph.

— Qui est Joseph ?

— Le fils Rateau.

— Le fils du maire ?

Ce fut Julien Sellier qui intervint.

— Nous avons beaucoup de Rateau à Saint-André et dans les environs, dit-il, presque tous des cousins. Joseph est le fils de Marcellin Rateau, le boucher.

Maigret but une gorgée de vin, ralluma sa pipe qu'il avait laissé éteindre.

— Joseph se tenait près de toi à la fenêtre ?

— Il n'était pas à l'école. Depuis un mois, il doit rester chez lui à cause de son accident.

— C'est lui qui a été renversé par une motocyclette ?

— Oui, monsieur.

— Tu étais avec lui quand c'est arrivé ?

— Oui, monsieur.

— Tu vas le voir souvent ?

— A peu près tous les jours.

— Tu y es allé hier ?

— Non.

— Avant-hier ?

— Non plus.

— Pourquoi ?

— A cause de ce qui est arrivé. On s'est seulement occupé du crime.

— Je suppose que tu n'aurais pas osé mentir au lieutenant de gendarmerie ?

— Non, monsieur.

— Tu es content que l'instituteur soit en prison ?

— Non, monsieur.

— Est-ce que tu te rends compte que c'est à cause de ta déposition qu'il s'y trouve ?

— Je ne comprends pas ce que vous voulez dire.

— Si tu n'avais pas déclaré l'avoir vu sortir de la cabane à outils, on ne l'aurait probablement pas arrêté.

Il ne dit rien, embarrassé, se balançant d'une

jambe sur l'autre, lançant un nouveau coup d'œil à son père.

— Si tu l'as vraiment vu, tu as eu raison de dire la vérité.

— J'ai dit la vérité.

— Tu n'aimais pas Léonie Birard ?

— Non, monsieur.

— Pour quelle raison ?

— Parce que, quand je passais, elle me criait des vilains mots.

— A toi plus qu'aux autres ?

— Oui, monsieur.

— Tu sais pourquoi ?

— Parce qu'elle en veut à maman d'avoir épousé mon père.

Maigret ferma à moitié les yeux, cherchant une autre question à poser, n'en trouva pas et prit le parti de vider son verre. Il se leva assez lourdement, car cela lui faisait déjà un certain nombre de vins blancs depuis le matin.

— Je te remercie, Marcel. Si tu avais quelque chose à me dire, si, par exemple, tu te souvenais d'un détail que tu as oublié, je voudrais que tu viennes me voir tout de suite. Tu n'as pas peur de moi ?

— Non, monsieur.

— Un autre ? questionna le père en tendant la main vers la bouteille.

— Non merci. Je ne veux pas vous empêcher plus longtemps de déjeuner. Votre fils est un garçon intelligent, monsieur Sellier.

Le ferblantier rougit d'aise.

— Nous l'élevons du mieux que nous pouvons.

108

Je ne pense pas que cela lui arrive souvent de mentir.

— Au fait, quand vous a-t-il parlé de la visite
de l'instituteur à la cabane ?

— Le mercredi soir.

— Il n'en avait rien dit le mardi, alors que tout
le village discutait de la mort de Léonie Birard ?

— Non. Je pense qu'il était impressionné. En
dînant, le mercredi, il avait un drôle d'air et m'a
dit tout à coup :

» — Papa, je crois que j'ai vu quelque chose.

» Il m'a raconté la scène et je suis allé le répéter au lieutenant de gendarmerie.

— Je vous remercie.

Quelque chose le chiffonnait, il ne savait pas quoi
au juste. Dehors, il se dirigea d'abord vers le *Bon
Coin* où il vit l'instituteur-remplaçant qui mangeait
près de la fenêtre en lisant un livre. Il se souvint
qu'il s'était promis de téléphoner à sa femme, gagna
le bureau de poste qui se trouvait dans un autre pâté
de maisons et où il fut reçu par une jeune fille
d'environ vingt-cinq ans qui portait une blouse
noire.

— Ce ne sera pas trop long d'avoir Paris ?

— Pas à cette heure-ci, monsieur Maigret.

En attendant la communication, il l'observa, qui
tenait ses écritures, se demanda si elle était mariée,
si elle se marierait un jour, si elle deviendrait
pareille à la vieille Birard.

Il resta environ cinq minutes dans la cabine et
tout ce que la receveuse entendit à travers la porte
fut :

— Non, pas d'huîtres... Parce qu'il n'y en a

pas... Non... Le temps est magnifique... Pas froid du tout...

Il se décida à aller manger. L'instituteur était toujours là et Maigret se trouva assis à la table en face de la sienne. Tout le village savait déjà qui il était. On ne le saluait pas mais, dans la rue, on le suivait des yeux et, dès qu'il était passé, on se mettait à parler de lui. L'instituteur leva trois ou quatre fois la tête de son livre. Au moment de partir, il eut l'air d'hésiter. Peut-être avait-il envie de lui dire quelque chose ? Ce n'était pas sûr. Toujours est-il qu'en passant devant lui il lui adressa un signe de tête qui pouvait passer pour un mouvement involontaire.

Thérèse portait un tablier blanc tout propre sur sa robe noire. Louis mangeait dans la cuisine où on l'entendait parfois qui appelait la servante. Quand il eut fini, il s'approcha de Maigret, la bouche grasse.

— Qu'est-ce que vous en dites, de ce lapin-là ?

— Il était excellent.

— Un petit marc pour l'aider à passer ? C'est ma tournée.

Il avait une façon protectrice de regarder le commissaire comme si, sans lui, il eût été perdu dans la jungle de Saint-André.

— C'est un type ! grommela-t-il en s'asseyant, les jambes écartées à cause de son ventre.

— Qui ?

— Théo. Je n'en connais pas de plus malin que lui. Toute sa vie, il est parvenu à se la couler douce sans rien faire.

— Vous croyez que personne d'autre n'a entendu le coup de feu ?

— D'abord, à la campagne, on ne fait pas attention à un coup de carabine. Si on avait tiré avec un fusil de chasse, tout le monde l'aurait remarqué. Ensuite, ces engins-là ne font pas beaucoup de bruit et on y est tellement habitué depuis que tous les gosses en ont...

— Théo était dans son jardin et il n'aurait rien vu ?

— Dans son jardin, ou dans son chai, car, ce qu'il appelle jardiner consiste surtout à aller boire un coup au tonneau. Maintenant, s'il a vu quelque chose, il ne le dira probablement pas.

— Même s'il a vu quelqu'un tirer ?

— A plus forte raison.

Louis était content de lui, remplissait les petits verres.

— Je vous ai prévenu que vous n'y comprendriez rien.

— Vous croyez que l'instituteur a voulu tuer la vieille ?

— Et vous ?

Maigret répondit catégoriquement :

— Non.

Louis le regarda en souriant, avec l'air de dire :

— Moi non plus.

Mais il ne le dit pas. Peut-être étaient-ils aussi alourdis l'un que l'autre par ce qu'ils avaient mangé et par ce qu'ils avaient bu. Ils restèrent un moment en silence, à regarder la place que le soleil coupait en deux, les vitrines glauques de la coopérative, le portail de pierre de l'église.

— Comment est le curé ? demanda Maigret, pour parler.

— C'est un curé.

— Il est pour l'instituteur ?

— Contre.

Maigret finit par se lever, resta un instant, hésitant, au milieu de la salle, se décida pour la solution paresseuse et se dirigea vers l'escalier.

— Tu m'éveilleras dans une heure, dit-il à Thérèse.

Il n'aurait pas dû la tutoyer. A la P. J. on a l'habitude de tutoyer les filles dans son genre et cela n'échappa pas à Louis, qui fronça les sourcils. Les volets verts de la chambre étaient fermés, ne laissant pénétrer que de fines raies de soleil. Il ne se déshabilla pas, se contenta de retirer son veston et ses souliers, s'étendit sur le lit sans l'ouvrir.

Un peu plus tard, alors qu'il ne faisait que somnoler, il eut l'impression d'entendre le bruit rythmé de la mer, était-ce possible ? s'endormit tout à fait, ne se réveilla que quand on frappa à la porte.

— L'heure est passée, monsieur Maigret. Vous désirez une tasse de café ?

Il restait lourd, engourdi, sans savoir exactement ce qu'il avait envie de faire. En bas, quand il traversa la salle, quatre hommes jouaient aux cartes, dont Théo et Marcellin, le boucher, qui portait toujours sa tenue de travail.

Il gardait l'impression qu'un détail clochait, sans arriver à découvrir ce que c'était. Cette impression-là lui était venue au cours de son entretien avec le jeune Sellier. A quel moment de l'entretien au juste ?

112

Il se mit à marcher, d'abord vers la maison de Léonie Birard, dont il avait la clef en poche. Il entra, s'assit dans la pièce de devant où il lut toutes les lettres qu'il avait aperçues le matin. Elles ne lui apprirent rien d'important, le familiarisèrent seulement avec certains noms, les Dubard, les Cornu, les Gillet, les Rateau, les Boncœur.

En quittant la maison, il eut l'intention de suivre le chemin jusqu'à la mer mais, un peu plus loin, il aperçut le cimetière et y entra, déchiffra les noms sur les tombes, les mêmes noms, à peu près, qu'il avait trouvés dans la correspondance.

Il aurait pu reconstituer l'histoire des familles, affirmer que les Rateau étaient alliés aux Dubard depuis deux générations et qu'une Cornu avait épousé un Piedbœuf qui était mort à vingt-six ans.

Il fit encore deux ou trois cents mètres sur la route et la mer restait invisible, les prés montaient en pente douce, on voyait seulement, là-bas, une buée scintillante qu'il renonça à atteindre.

Les villageois le rencontraient dans les rues et les venelles, les mains dans les poches, s'arrêtant parfois, sans raison, pour observer une façade ou quelqu'un qui passait.

Avant de se rendre à la mairie, il ne résista pas à l'envie d'un vin blanc. Les quatre hommes jouaient toujours aux cartes et, à califourchon sur une chaise, Louis suivait la partie.

Le perron de la mairie recevait le soleil et, au-delà du corridor, dans les potagers, il repéra les képis des deux gendarmes. Sans doute cherchaient-ils toujours la douille ?

Les fenêtres, chez l'instituteur, étaient fermées. Dans la classe, les têtes d'enfants s'alignaient.

Il trouva le lieutenant qui annotait, au crayon rouge, le procès-verbal d'un interrogatoire.

— Entrez, monsieur le commissaire. J'ai vu le juge d'instruction. Il a interrogé Gastin ce matin.

— Comment est-il ?

— Comme un homme qui vient de passer sa première nuit en prison. Il s'est inquiété de savoir si vous n'étiez pas reparti.

— Je suppose qu'il nie toujours ?

— Plus que jamais.

— Il n'a aucune théorie ?

— Il ne croit pas qu'on ait voulu tuer la postière. Il pense que c'est plutôt un acte de malveillance, qui s'est révélé fatal. On lui jouait souvent de mauvais tours.

— A Léonie Birard ?

— Oui. Pas seulement les enfants, mais de grandes personnes. Vous savez comme cela tourne quand un village adopte une bête noire. Dès qu'il y avait un chat crevé, c'était dans son jardin qu'on le jetait, si on ne le lançait pas dans la maison par la fenêtre. Il y a quinze jours, elle a trouvé sa porte barbouillée d'excréments. D'après l'instituteur, quelqu'un a tiré pour lui faire peur ou pour la mettre en rage.

— Et la cabane ?

— Il continue à prétendre qu'il n'y a pas mis les pieds mardi.

— Il n'a pas jardiné, mardi matin, avant la classe ?

— Pas mardi, mais lundi. Il se lève chaque matin

à six heures, ce n'est qu'à ce moment-là qu'il a un peu de temps à lui. Vous avez vu le jeune Sellier ? Qu'est-ce que vous en pensez ?

— Il a répondu sans hésiter à mes questions.

— Aux miennes aussi, sans se contredire une seule fois. J'ai interrogé ses camarades qui affirment tous qu'il n'a pas quitté la classe après la récréation. Je suppose que, si c'était un mensonge, il y en aurait bien eu un pour se couper.

— Je le suppose aussi. On sait qui hérite ?

— On n'a toujours pas trouvé de testament. Mme Sellier a toutes les chances.

— Vous avez contrôlé l'emploi du temps de son mari le mardi matin ?

— Il travaillait dans son atelier.

— Quelqu'un le confirme ?

— Sa femme d'abord. Ensuite le maréchal-ferrant, Marchandon, qui est allé lui parler.

— A quelle heure ?

— Il ne sait pas au juste. Avant onze heures, dit-il. Il prétend qu'ils ont bavardé un quart d'heure au moins. Cela ne prouve rien, évidemment.

Il feuilleta ses papiers.

— D'autant plus que le jeune Sellier, lui, dit que la forge travaillait au moment où l'instituteur a quitté la classe.

— Son père aurait donc pu s'absenter ?

— Oui, mais n'oubliez pas que tout le monde le connaît. Il aurait dû traverser la place, pénétrer dans les jardins. S'il était passé avec une carabine, on l'aurait remarqué encore davantage.

— Mais on ne le dirait peut-être pas.

Il n'y avait rien de sûr, en somme, aucune base

solide, sinon deux témoignages contradictoires : d'une part, celui de Marcel Sellier qui, de la fenêtre de l'école, prétendait avoir vu l'instituteur sortir de la cabane à outils ; d'autre part, celui de Gastin qui jurait qu'il n'y avait pas mis les pieds, ce jour-là.

Les événements étaient récents. On avait questionné les villageois dès le mardi soir, et on avait continué pendant la journée du mercredi. Les souvenirs étaient frais dans les mémoires.

Si l'instituteur n'avait pas tiré, quelle raison avait-il de mentir ? Et, surtout, quelle raison avait-il eue de tuer Léonie Birard ?

Marcel Sellier n'avait pas plus de raison d'inventer l'histoire de la cabane.

Théo, de son côté, affirmait avec un air goguenard qu'il avait entendu une détonation mais qu'il n'avait rien vu.

Etait-il dans son potager ? Etait-il dans son chai ? On ne pouvait pas se fier aux heures citées par les uns et les autres car, à la campagne, on ne s'occupe pas beaucoup de l'heure, sinon au moment des repas. Maigret n'avait pas confiance non plus quand on lui disait qu'un tel était ou n'était pas passé à tel moment dans la rue. Lorsqu'on est habitué à apercevoir les gens dix fois par jour dans les mêmes endroits familiers, on n'y fait plus attention et on peut, en toute bonne foi, confondre une rencontre avec une autre, affirmer que tel fait s'est produit le mardi alors qu'il a eu lieu le lundi.

Le vin lui donnait chaud.

— A quelle heure a lieu l'enterrement ?

— A neuf heures. Tout le monde y sera. Ce n'est

pas tous les jours qu'on a la joie d'enterrer la bête noire du pays. Vous avez une idée ?

Maigret fit non de la tête, traîna encore dans le bureau, tripota les carabines, les plombs.

— Vous m'avez bien dit que le docteur n'est pas sûr de l'heure de la mort ?

— Il la situe entre dix heures et onze heures du matin.

— De sorte que, sans le témoignage du jeune Sellier...

On en revenait toujours là. Et, chaque fois, Maigret avait la même impression qu'il était passé à côté de la vérité, qu'il avait été sur le point, à certain moment, de la découvrir.

Léonie Birard ne l'intéressait pas. Que lui importait de savoir si on avait voulu la tuer, ou seulement l'effrayer, ou si c'était par hasard qu'une balle l'avait atteinte à l'œil gauche ?

C'était le cas de Gastin qui le passionnait et, par conséquent, le témoignage du fils Sellier.

Il se dirigea vers la cour au milieu de laquelle il se trouva quand les enfants sortirent de la classe, moins précipitamment que pour la récréation, et se dirigèrent par petits groupes vers la sortie. On reconnaissait des frères et des sœurs. Des filles déjà grandes tenaient un plus petit par la main et certains allaient avoir à parcourir plus de deux kilomètres pour rentrer chez eux.

Il n'y eut qu'un gamin pour le saluer, en dehors de Marcel Sellier qui retira poliment sa casquette. Les autres passèrent en le regardant curieusement. L'instituteur était sur le seuil. Maigret s'en appro-

cha et le jeune homme lui livra passage en balbutiant :

— Vous désirez me parler ?

— Pas spécialement. Vous étiez déjà venu à
Saint-André auparavant ?

— Non. C'est la première fois. J'ai fait la classe
à La Rochelle et à Fourras.

— Vous connaissiez Joseph Gastin ?

— Non.

Les pupitres et les bancs étaient noirs, couverts
d'entailles, avec le violet de l'encre qui faisait sur
le vernis des taches à reflets mordorés. Maigret alla
à la première fenêtre de gauche, aperçut une partie
de la cour, les jardins, la cabane à outils. De la
fenêtre de droite, ensuite, il put voir l'arrière de la
maison Birard.

— Vous n'avez rien remarqué, aujourd'hui, dans
l'attitude des enfants ?

— Ils sont plus renfermés qu'à la ville. C'est
peut-être de la timidité.

— Ils n'ont pas tenu de conciliabules, ni échangé
de billets pendant la classe ?

Le remplaçant n'avait pas vingt-deux ans. Maigret l'intimidait visiblement, pas tant parce qu'il
appartenait à la police que parce qu'il était un
homme célèbre. Il se serait sans doute comporté de
la même façon devant un politicien connu ou une
vedette de cinéma.

— J'avoue que je n'y ai pas fait attention.
J'aurais dû ?

— Que pensez-vous du jeune Sellier ?

— Un instant... lequel est-ce ?... Je ne suis pas
encore familiarisé avec les noms...

— Un garçon plus grand et plus gros que les autres, qui est très bon élève...

Le regard de l'instituteur se porta vers la première place du premier banc, qui était évidemment la place de Marcel, et Maigret alla s'y asseoir, sans pouvoir glisser ses jambes sous le pupitre trop bas. De cet endroit, il découvrait, par la seconde fenêtre, non pas les potagers, mais le tilleul de la cour et la maison des Gastin.

— Il ne vous a pas paru inquiet, troublé ?

— Non. Je me souviens de l'avoir questionné en arithmétique et avoir noté qu'il était très intelligent.

A droite de la maison de l'instituteur, on apercevait, plus loin, les fenêtres du premier étage de deux autres maisons.

— Je vous demanderai peut-être, demain, la permission de venir les voir un moment pendant la classe.

— Je suis à votre disposition. Je crois que nous sommes installés dans la même auberge. Je serai mieux ici pour préparer mes leçons.

Maigret le quitta et fut sur le point de se diriger vers la maison de l'instituteur. Ce n'était pas Mme Gastin qu'il avait envie de voir, mais Jean-Paul. Il fit plus de la moitié du chemin, remarqua qu'un rideau bougeait, s'arrêta, découragé à l'idée de se trouver à nouveau, dans une petite pièce étouffante, devant les visages dramatiques de la mère et du gamin.

Il fut lâche. Une paresse l'envahissait, qui lui venait sans doute du rythme de la vie du village, du vin blanc, du soleil qui commençait à disparaître derrière les toits.

En somme, qu'est-ce qu'il faisait là ? Cent fois, au milieu d'une enquête, il lui était arrivé d'avoir la même sensation d'impuissance, ou plutôt de futilité. Il se trouvait soudain plongé dans la vie de gens qu'il ne connaissait pas la veille et son métier était de découvrir leurs secrets les plus intimes. En l'occurrence, ce n'était même pas son métier. C'était lui qui avait choisi de venir, parce qu'un instituteur l'avait attendu pendant des heures dans le Purgatoire de la P. J.

L'air devenait bleuâtre, plus frais, plus humide. Des fenêtres s'éclairaient par-ci par-là et la forge de Marchandon se détachait en rouge, on y voyait danser les flammes à chaque coup de soufflet.

Dans la boutique d'en face, deux femmes étaient aussi immobiles que sur un calendrier-réclame, avec seulement leurs lèvres qui remuaient légèrement. Elles avaient l'air de prendre la parole tour à tour et, après chaque phrase, la marchande hochait la tête d'un air désolé. Parlaient-elles de Léonie Birard ? C'était probable. Et aussi de l'enterrement du lendemain, qui allait être un événement mémorable dans l'histoire de Saint-André.

Les hommes jouaient toujours aux cartes. Ils devaient user ainsi des heures, toutes les après-midi, à échanger les mêmes phrases, à tendre de temps en temps la main vers leur verre et à s'essuyer les lèvres.

Il allait entrer, demander une chopine à son tour, s'asseoir dans un coin en attendant l'heure du dîner quand une auto le fit sursauter en s'arrêtant tout près de lui.

— Je vous ai fait peur ? lança la voix joyeuse

du docteur. Vous n'avez pas encore découvert le pot aux roses ?

Il descendit de voiture, alluma une cigarette.

— Cela ne ressemble pas aux Grands Boulevards, remarqua-t-il en désignant le village autour d'eux, les vitrines mal éclairées, la forge, la porte de l'église qui était entrouverte et d'où sortait une vague lueur. Vous devriez voir ça en plein hiver. Vous avez commencé à vous familiariser avec la vie du pays ?

— Léonie Birard gardait des lettres adressées à différentes personnes.

— C'était une vieille canaille. Certains l'appelaient la punaise. Si vous saviez la peur qu'elle avait de mourir !

— Elle était malade ?

— Malade à crever. Seulement, elle ne crevait pas. Comme Théo, qui devrait être enterré depuis au moins dix ans et qui continue à boire ses quatre litres de vin blanc par jour, sans compter les apéritifs.

— Qu'est-ce que vous pensez des Sellier ?

— Ils font ce qu'ils peuvent pour devenir des petits-bourgeois. Julien est arrivé ici comme pupille de l'Assistance Publique et a travaillé dur pour se créer une situation. Ils n'ont qu'un fils.

— Je sais. Il est intelligent.

— Oui.

Il sembla à Maigret qu'il y avait une restriction dans la voix du docteur.

— Qu'est-ce que vous voulez dire ?

— Rien. C'est un garçon bien élevé. Il est enfant de chœur. C'est le chouchou du curé.

Le médecin ne devait pas aimer les curés non plus.

— Vous croyez qu'il a menti ?

— Je n'ai pas dit ça. Je ne crois rien. Si vous aviez été médecin de campagne pendant vingt-deux ans, vous seriez comme moi. Tout ce qui les intéresse, c'est de gagner de l'argent, de le transformer en or, de mettre l'or dans des bouteilles et d'enterrer les bouteilles dans leur jardin. Même quand ils sont malades ou blessés, il faut que ça paie.

— Je ne comprends pas.

— Il y a toujours des assurances, ou des allocations, un moyen quelconque de tout transformer en argent.

Il parlait presque comme le facteur.

— Un tas de canailles ! conclut-il sur un ton qui semblait démentir ses paroles. Ils sont rigolos. Je les aime bien.

— Léonie Birard aussi ?

— C'était un phénomène.

— Et Germaine Gastin ?

— Elle passera sa vie à se torturer et à torturer les autres parce qu'elle a couché avec Chevassou. Je parierais que ça ne leur est pas arrivé souvent, peut-être une seule fois. Et, pour une fois qu'elle a pris du plaisir... Si vous êtes encore ici demain, venez donc déjeuner avec moi. Ce soir, il faut que j'aille à La Rochelle.

La nuit était tombée. Maigret traîna encore sur la place, vida sa pipe en frappant le fourneau contre son talon et entra chez Louis en soupirant, se dirigea vers une table qui était déjà sa table tandis que

Thérèse, sans rien lui demander, venait poser devant lui une chopine de vin blanc et un verre.

En face de lui, Théo, ses cartes à la main, lui lançait de temps en temps un regard pétillant de malice qui disait :

— Tu y viens ! Tu y viens ! Encore quelques années de ce régime-là et tu seras comme les autres.

Les trois dimensions sont un produit de cette

Les trois dimensions sont un produit de cette
combinaison. Par là même, le corps
la plupart du temps, comme sa propre position
dans l'espace. Ce qu'il fait alors, c'est
la relation à l'endroit, l'orientation par rapport
à ce qui est devant, derrière, Tout cela est du ceil,
en termes clairs, et le seul point de vue qui
Mallarmé ne cessait d'être de ses réalités habité-

6

L'enterrement de la postière

Ce n'est pas à cause de l'enterrement de la postière, qui devait avoir lieu ce jour-là, que Maigret s'éveilla avec un poids sur les épaules. La mort de Léonie Birard, dans le soleil, n'avait ému personne, n'avait eu aucun caractère dramatique, et les habitants de Saint-André, dans les maisons et dans les fermes, devaient s'habiller pour ses obsèques aussi gaiement que pour une noce. C'était si vrai que, dans la cour, de très bonne heure, Louis Paumelle, en chemise blanche empesée et pantalon de drap noir, mais sans col ni cravate, remplissait de vin un nombre impressionnant de chopines qu'il rangeait, non seulement derrière le comptoir, mais sur la table de la cuisine, comme un matin de foire.

Les hommes se rasaient. Tout le monde allait être en noir, comme si le village entier portait le deuil. Maigret se souvenait d'une de ses tantes, quand il était petit, à qui son père demandait pourquoi elle avait encore acheté une robe noire.

— Tu comprends, ma belle-sœur a un cancer au sein et peut mourir dans quelques mois ou dans quelques semaines. Cela abîme tellement les vêtements de les faire teindre !

Dans un village, on a tant de parents qui peuvent mourir d'un moment à l'autre qu'on passe sa vie en vêtements de deuil.

Maigret se rasait, lui aussi.

Il vit l'autocar du matin partir presque vide pour La Rochelle, bien qu'on fût samedi. Thérèse lui avait monté une tasse de café et son eau chaude, car elle l'avait vu passer des heures, la veille, dans son coin à boire du vin, puis, après le dîner, des petits verres.

Ce n'était pas non plus parce qu'il avait bu la veille, qu'il avait maintenant une impression de drame. Peut-être, au fond, la raison était-elle simplement qu'il avait mal dormi. Il avait passé la nuit à voir des visages d'enfants, en gros plan, comme au cinéma, des visages qui ressemblaient au jeune Gastin et au jeune Sellier mais qui n'étaient exactement ni l'un ni l'autre.

Il essayait, sans y parvenir, de se souvenir de ces rêves-là. Quelqu'un lui en voulait, un des enfants, il ne savait pas lequel, ils se confondaient. Il se répétait que c'était facile de les reconnaître puisque le fils de l'instituteur portait des lunettes. Seulement, tout de suite après, il voyait Marcel Sellier qui portait des verres aussi et lui répondait quand il s'en étonnait :

— Je ne les mets que pour aller à confesse.

Ce n'était pas si tragique que Gastin soit en pri-son car le lieutenant de gendarmerie ne croyait pas trop à sa culpabilité, le juge d'instruction non plus, sans doute. Il était mieux là-bas, pendant quelques jours, que dans le village ou qu'enfermé dans sa maison. Et un seul témoignage, surtout un témoi-gnage d'enfant, ne suffirait pas à le faire condam-ner.

Dans l'esprit de Maigret c'était plus compliqué que ça. Cela lui arrivait souvent. On aurait pu dire qu'à chaque nouvelle enquête son humeur suivait plus ou moins la même courbe.

Au début, on voit les gens de l'extérieur. Ce sont leurs petits travers qui ressortent le plus et c'est amusant. Puis, petit à petit, on se met dans leur peau, on se demande pourquoi ils réagissent de telle ou telle façon, on se surprend à penser comme eux et cela devient beaucoup moins drôle.

Peut-être que, beaucoup plus tard, quand on les a vus tant et tant qu'on ne s'étonne plus de rien, il est possible d'en rire, comme le docteur Bresselles.

Maigret n'en était pas là. Les gosses le préoccu-paient. Il lui semblait qu'il y en avait au moins un, quelque part, qui devait vivre une sorte de cauche-mar en dépit du soleil léger qui baignait toujours le village.

Il descendit pour déjeuner dans son coin alors que des carrioles amenaient déjà sur la place les fer-miers qui habitaient le plus loin. Ils n'entraient pas tout de suite au café, formaient des groupes sombres dans la rue et devant l'église, et, à cause de leur peau tannée, leur linge paraissait éblouissant.

Il ignorait qui s'était occupé des obsèques,

n'avait pas pensé à s'en informer. Toujours est-il qu'on avait apporté le cercueil de La Rochelle et qu'on l'avait installé directement dans l'église.

Les silhouettes noires se multipliaient rapidement. Maigret apercevait des visages qui ne lui étaient pas encore familiers. Le lieutenant de gendarmerie lui serra la main.

— Rien de nouveau ?

— Rien. Je l'ai vu hier soir dans sa cellule. Il nie toujours, ne parvient pas à comprendre pourquoi Marcel Sellier s'obstine à l'accuser.

Maigret se rendit dans la cour de l'école où il n'y avait pas classe ce jour-là et les fenêtres de la maison de l'instituteur étaient fermées, on ne voyait personne, la mère et le fils n'assisteraient sûrement pas à l'enterrement, resteraient chez eux, silencieux, effrayés, dans l'attente d'un incident.

On ne sentait pourtant pas de colère dans la foule. Les hommes s'interpellaient, quelques-uns commençaient à pénétrer chez Louis et à boire un verre sur le pouce, ressortaient en s'essuyant les lèvres. Au passage du commissaire, tout le monde se taisait, puis se mettait à parler à voix basse en le suivant des yeux.

Un jeune homme qui, malgré le ciel clair, portait un imperméable serré à la taille par une ceinture s'approcha de lui, une pipe trop grosse à la bouche.

— Albert Raymond, reporter à *La Charente* ! lança-t-il avec assurance.

Il n'avait pas plus de vingt-deux ans. Il était maigre, les cheveux longs, tordait sa bouche dans un sourire ironique.

Maigret se contenta d'un signe de tête.

— J'ai essayé de venir vous voir hier, mais je n'en ai pas eu le temps.

A sa façon de parler, de se tenir, on devinait qu'il se sentait l'égal du commissaire. Plus exactement, ils étaient tous les deux en marge de la foule. Tous les deux pouvaient la regarder de haut, en gens qui savent, qui ont découvert les moindres ressorts de la nature humaine.

— C'est vrai, demanda-t-il, un crayon et un bloc-notes à la main, que l'instituteur est allé vous offrir toutes ses économies pour que vous le tiriez d'affaire ?

Maigret se tourna vers lui, l'observa des pieds à la tête, fut sur le point d'ouvrir la bouche puis, haussant les épaules, lui tourna le dos.

L'imbécile allait probablement s'imaginer qu'il avait frappé juste. Cela n'avait aucune importance. Les cloches sonnaient. Les femmes emplissaient l'intérieur de l'église, quelques hommes aussi. On entendit un murmure d'orgues, la sonnette de l'enfant de chœur.

— Y a-t-il une messe, ou seulement une absoute ? s'enquit le commissaire auprès de quelqu'un qu'il ne connaissait pas.

— Une messe et une absoute. On a le temps.

Le temps d'aller boire un verre chez Louis. Petit à petit, la plupart des hommes s'étaient groupés devant l'auberge où ils pénétraient par groupes, vidaient une chopine ou deux, debout, ressortaient. C'était un va-et-vient continu : on en voyait dans la cuisine et même dans la cour. Louis Paumelle, qui avait pris le temps d'entrer à l'église, avait retiré son veston et s'affairait, aidé de Thérèse et d'un jeune homme qui semblait avoir l'habitude de lui donner un coup de main.

Sellier, accompagné de sa femme, assistait à l'office. Maigret n'avait pas vu passer leur fils Marcel mais comprit un peu plus tard, quand il gagna l'église à son tour. Marcel était là, en surplis d'enfant de chœur, à servir la messe. Il devait pouvoir se rendre directement dans la sacristie, en passant par la cour de ses parents.

— *Dies irae, dies illa...*

Les femmes avaient vraiment l'air de prier et remuaient les lèvres. Etait-ce pour l'âme de Léonie Birard qu'elles priaient ou pour elles-mêmes ? Quelques vieux se tenaient au fond de la nef, leur chapeau à la main, et d'autres venaient de temps en temps entrouvrir la porte pour voir où en était le service.

Maigret ressortit, aperçut Théo qui, en guise de bonjour, lui adressa son habituel sourire juteux d'ironie.

Il y avait fatalement quelqu'un qui savait. Peut-être même étaient-ils un certain nombre à savoir et à se taire ? Chez Louis, on commençait à parler à voix haute et un fermier maigre, aux moustaches tombantes, était déjà plus qu'à moitié ivre.

Le boucher aussi, sembla-t-il à Maigret, avait les yeux plus brillants que d'habitude, la démarche moins ferme et, en l'espace de quelques minutes, le commissaire le vit vider trois grands verres, avec l'un et avec l'autre.

Moins curieux que lui, ou plus sensible à la curiosité de la foule, le lieutenant se tenait dans le bureau de la mairie dont la cour était vide autour du tilleul.

Une charrette passa, qui servait de corbillard, tirée par un cheval roux sur le dos duquel on avait mis une couverture noire. L'attelage alla s'arrêter devant le parvis tandis que le conducteur venait boire un verre.

Une légère brise animait l'air. Quelques nuages, très haut dans le ciel, luisaient comme de la nacre.

Les portes finirent par s'ouvrir. Les buveurs se précipitèrent. On vit sortir le cercueil porté par quatre hommes parmi lesquels Maigret reconnut Julien Sellier et l'adjoint au maire.

On le hissa sur la charrette, non sans peine. On le recouvrit d'un drap noir à franges d'argent. Le jeune Sellier parut à son tour, portant la croix d'argent au bout d'une hampe de bois noir, et son surplis se gonfla à deux ou trois reprises comme un ballon.

Le prêtre suivit récitant des prières, trouvant le temps d'observer chacun à la ronde et d'arrêter un instant son regard sur la silhouette de Maigret.

Julien Sellier et sa femme, en noir tous les deux, elle avec un crêpe sur le visage, marchaient les premiers. Le maire suivait, un homme grand et fort, au visage calme, aux cheveux gris, entouré du conseil municipal, puis défilait le gros de la foule, les hommes d'abord, les femmes ensuite, certaines d'entre elles, surtout à la queue du cortège, traînaient un enfant par la main.

Le jeune journaliste allait et venait, prenait des notes, parlait à des gens que Maigret ne connaissait pas. Le cortège avançait lentement, passait devant chez Louis, où Thérèse se tenait seule dans l'encadrement de la porte car Paumelle avait pris place dans le groupe du conseil municipal.

Pour la seconde fois, ce matin-là, Maigret fut tenté d'aller frapper à la porte des Gastin et de parler à Jean-Paul. Alors que tous les habitants se dirigeaient vers le cimetière, la mère et le fils ne se sentaient-ils pas plus seuls que jamais au milieu du village désert ?

Il suivit les autres, sans raison précise. Ils dépassèrent la maison de Léonie Birard, puis une ferme dans la cour de laquelle un veau se mit à beugler.

Au moment d'entrer dans le cimetière il y eut des piétinements, un certain désordre. Le prêtre et l'enfant de chœur étaient déjà devant la fosse que tout le monde n'était pas encore entré.

C'est à cet instant-là que Maigret aperçut un visage au-dessus du mur. Il reconnut Jean-Paul. Un des verres de ses lunettes renvoyait le soleil comme un miroir.

Au lieu de suivre la foule, le commissaire resta dehors et commença à contourner le cimetière avec l'intention de rejoindre le gamin. Celui-ci n'était-il pas trop préoccupé par ce qui se passait autour de la fosse pour remarquer sa manœuvre ?

Il marchait dans une sorte de terrain vague. Alors qu'il n'était plus qu'à une trentaine de mètres de l'enfant, son pied écrasa une branche morte.

Jean-Paul tourna vivement la tête dans sa direction, sauta de la pierre sur laquelle il était perché et se précipita vers la route.

Maigret faillit l'appeler, ne le fit pas, car les

autres l'auraient entendu, se contenta de presser le pas, espérant rejoindre le gamin sur le chemin.

La situation était ridicule, il s'en rendait compte. Il n'osait pas courir. Jean-Paul non plus. L'enfant n'avait même pas le courage de se retourner. Il était probablement le seul du village à ne pas porter ses bons vêtements, à être habillé comme pour l'école.

Pour rentrer chez lui, comme il en avait probablement envie, il aurait dû passer devant la porte du cimetière, où se tenait un groupe de fermiers.

Il tourna à gauche, dans la direction de la mer, espérant peut-être que le commissaire ne le suivrait pas.

Maigret suivit. On ne voyait plus de fermes, plus de maisons, seulement des champs et des prés où paissaient quelques vaches. Un mamelon cachait encore la mer. La route montait légèrement.

Le gamin marchait aussi vite qu'il pouvait le faire sans se mettre à courir et Maigret, de son côté, allongeait le pas. Il ne savait même pas au juste pourquoi il le poursuivait de la sorte, se rendait compte que c'était cruel.

Dans l'esprit de Jean-Paul, il devait représenter une puissance formidable lancée à ses trousses. Mais le commissaire pouvait-il se mettre à crier :

— Jean-Paul !... Arrête !... Je veux seulement te parler... ?

Le cimetière avait disparu derrière eux, et le village. Arrivé au sommet du mamelon, le fils Gastin se mit à redescendre la pente et Maigret n'aperçut plus que son torse, puis sa tête. Un instant, il ne vit plus rien, jusqu'à ce qu'il atteignît le sommet de la côte à son tour et alors, enfin, il découvrit

l'étendue miroitante de la mer, avec une île, lui
sembla-t-il, dans le lointain, ou bien la Pointe de
l'Aiguillon, et quelques barques de pêche aux voiles
brunes qui paraissaient suspendues dans l'espace.

Jean-Paul marchait toujours. Il n'existait de chemin ni à droite, ni à gauche. Au bord de la mer se
dressaient cinq ou six cabanes au toit rouge où les
bouchoteurs rangeaient leur matériel.

— Jean-Paul ! se décida-t-il à appeler.

Sa voix résonna si étrangement qu'il la reconnut
à peine et il se retourna pour s'assurer que personne
ne l'observait. Il remarqua un bref changement de
rythme dans le pas de l'enfant. La surprise, en
entendant son appel, l'avait fait hésiter à s'arrêter
mais, cette surprise passée, il marchait aussi vite
que jamais, courait presque, maintenant en proie à
la panique.

Le commissaire avait honte d'insister, se faisait
l'effet d'une grosse brute s'acharnant sur un être
sans défense.

— Arrête, petit...

Le plus ridicule, c'était qu'il était essoufflé et que
sa voix ne portait pas. La distance restait à peu près
la même entre eux. Pour la diminuer, il aurait fallu
courir.

Qu'est-ce que Jean-Paul espérait ? Que Maigret
allait se décourager et faire demi-tour ?

Il était plus vraisemblable qu'il ne pensait pas,
qu'il fonçait droit devant lui comme si c'était le seul
moyen d'échapper à un danger. Au bout du chemin, il n'y avait que la mer, dont on voyait la frange
brillante rouler sur les galets.

— Jean-Paul...

Cela aurait été aussi stupide, au point où il en était, d'abandonner que de continuer.

Le gamin atteignit le rivage, hésita à suivre le sentier qui devait conduire au prochain village, s'arrêta enfin, le dos tourné, et, seulement quand il entendit les pas du commissaire tout près de lui, lui fit face.

Il n'était pas rouge, mais pâle, les narines pincées. On voyait sa poitrine se soulever à une cadence rapide, ses lèvres s'entrouvrir, on avait l'impression d'entendre battre son cœur comme celui d'un oiseau qu'on tient dans sa main.

Maigret ne dit rien. Il ne trouvait rien à dire tout de suite et, lui aussi, avait besoin de reprendre son souffle.

Jean-Paul, qui ne le regardait plus, s'était tourné vers la mer. Ils la fixaient tous les deux et le silence dura longtemps, tout le temps qu'il fallut à leurs cœurs pour reprendre un rythme calme et régulier.

Alors, Maigret fit quelques pas et s'assit sur une pile de poteaux qui sentaient le sapin frais. Il retira son chapeau, s'épongea sans honte et, avec des mouvements très lents, se mit à bourrer une pipe.

— Tu marches vite, finit-il par murmurer.

Son interlocuteur, debout, les jarrets tendus comme un jeune coq, ne répondit pas.

— Tu ne veux pas venir t'asseoir près de moi ?

— Je n'ai pas envie de m'asseoir.

— Tu es fâché ?

Jean-Paul lui lança un bref coup d'œil, demanda :

— Pourquoi ?

— J'avais envie de te parler en dehors de la présence de ta mère. Chez toi, c'est impossible. Quand je t'ai aperçu au-dessus du mur du cimetière, j'ai pensé que l'occasion était bonne.

Pour ne pas effaroucher l'enfant, il laissait de longs silences entre ses phrases.

— Qu'est-ce que tu regardais ?

— Les gens.

— Tu ne pouvais pas regarder tout le monde à la fois. Je suis persuadé que tu regardais quelqu'un en particulier. Ai-je raison ?

Jean-Paul ne dit pas oui, ne nia pas non plus.

— D'habitude, tu vas à l'église ?

— Non.

— Pourquoi ?

— Parce que mes parents n'y vont pas.

Avec un adulte, cela aurait été plus facile. Il y avait longtemps que Maigret n'était plus un enfant. Il n'avait ni fils, ni fille. Il lui fallait pourtant s'efforcer de penser comme son jeune interlocuteur.

— Tu as annoncé à ta mère que tu sortais ce matin ?

— Non.

— Tu ne voulais pas qu'elle sache ?

— Elle m'aurait empêché.

— Tu as profité de ce qu'elle était en haut pour t'en aller sans bruit ? et tu as fait le tour par les ruelles ?

— J'avais envie de voir.

— Quoi ?

Ce n'était pas la foule, ni le cercueil qu'on descendait dans la fosse. Maigret l'aurait juré.

Il se souvint du surplis qui flottait dans la brise, de la croix que portait Marcel, se rappela le temps où, alors qu'il avait à peine sept ans, il avait tant désiré être enfant de chœur. Il avait dû attendre deux ans. Il avait porté la croix d'argent, lui aussi, trottiné, devant un corbillard de campagne, vers le cimetière.

— Tu avais envie de voir Marcel ?

Il surprit un tressaillement, l'étonnement d'un enfant qui s'aperçoit soudain qu'une grande personne est capable de le deviner.

— Pourquoi n'es-tu pas ami avec Marcel ?

— Je ne suis l'ami de personne.

— Tu n'aimes personne ?

— Je suis le fils de l'instituteur, je vous l'ai déjà dit.

— Tu préférerais être le fils du ferblantier, ou du maire, ou de n'importe quel cultivateur du village ?

— Je n'ai pas dit ça.

Il ne fallait pas l'effrayer car il aurait été capable de se remettre à courir. Pourtant ce n'était pas seulement la crainte que Maigret le rattrape qui le retenait. Il était plus rapide que le commissaire. Est-ce que, maintenant qu'ils se trouvaient face à face, il ne ressentait pas un certain soulagement ? Est-ce que, tout au fond de lui-même, il n'éprouvait pas une secrète envie de parler ?

— Tu ne veux toujours pas t'asseoir ?

— Je préfère rester debout.

— Tu es très triste que ton père soit en prison ?

Au lieu de répondre non tout de suite, il garda le silence.

— Tu n'en es pas triste ?

Et Maigret se faisait l'effet d'un homme à l'affût, qui n'avance qu'avec des précautions infinies. Il ne devait pas avancer trop vite. Un mot suffirait à raidir l'enfant et, alors, il serait impossible d'en rien tirer.

— Tu souffres de ne pas être comme les autres ?

— Pourquoi est-ce que je ne suis pas comme les autres ? Qui vous l'a dit ?

— Suppose que j'aie un fils, qui aille à l'école, qu'il joue dans les rues du quartier. Ses camarades diraient :

» — C'est le fils du commissaire !

» Et, à cause de cela, ils ne le traiteraient pas tout à fait comme les autres. Tu comprends ?

» Toi, tu es le fils du maître d'école.

Le gamin lui lança un regard plus long, plus insistant que les précédents.

— Tu aurais aimé être enfant de chœur ?

Il sentit qu'il faisait fausse route. C'était difficile de dire à quoi il le sentait. Certains mots provoquaient une réaction à peine perceptible. A d'autres, c'était comme si Jean-Paul se refermait.

— Marcel a des amis ?

— Oui.

— Quand ils sont ensemble, ils parlent à voix basse ? Ils échangent des secrets, se mettent à rire en regardant les autres ?

Cela lui revenait de si loin qu'il en était surpris. C'était la première fois, lui semblait-il, qu'il retrouvait des souvenirs aussi vivants de sa propre enfance, au point de sentir l'odeur de la cour de l'école à l'époque où les lilas étaient en fleur.

— Tu as essayé d'être leur ami ?

— Non.

— Pourquoi ?

138

— Pour rien.

— Tu t'es figuré qu'ils n'accepteraient pas ?

— Pourquoi me posez-vous toutes ces questions ?

— Parce que ton père est en prison. Il n'a pas tiré sur Léonie Birard.

Il épiait les yeux du gamin et celui-ci ne tressaillit pas.

— Tu sais bien qu'il n'a pas tiré. Donc, quelqu'un d'autre l'a fait. Aimerais-tu que ton père soit condamné ?

— Non.

Il y avait une hésitation à peine perceptible et Maigret préféra ne pas insister. Il avait déjà pensé à cela, la veille, dans son coin, s'était demandé si Jean-Paul n'en voulait pas, dans le secret de lui-même, à son père et à sa mère de ne pas être comme les autres.

Pas seulement parce que son père était l'instituteur. Ils n'allaient pas à l'église. Ils ne l'habillaient pas comme ses camarades. Leur maison n'était pas comme les autres maisons non plus, ni leur vie. Sa mère ne riait jamais, se glissait comme une ombre, humble et repentante. Elle avait fait quelque chose de très mal et, pour la punir, une femme avait tiré sur elle.

Cette femme-là n'avait pas été condamnée, ce qui prouvait qu'elle avait eu raison.

Peut-être Jean-Paul les aimait-il quand même ? Bon gré, mal gré, il faisait partie du clan, était de leur race.

Tout cela était difficile à exprimer. Il y avait des

nuances qui disparaissaient dès qu'on se servait des mots.

— Suppose que tu saches une chose qui suffise à faire sortir ton père de prison...

Il ignorait lui-même où il allait, était surpris de voir Jean-Paul lever vivement la tête, le fixer avec un effroi mêlé d'admiration. Le gamin ouvrit la bouche, faillit parler, se tut, les poings serrés par l'effort qu'il faisait pour se maîtriser.

— Vois-tu, je ne fais qu'essayer de comprendre. Je ne connais pas beaucoup ton père, mais je suis persuadé que c'est un homme qui ne ment pas. Il affirme qu'il n'a pas mis les pieds dans la cabane à outils mardi matin et je le crois.

L'enfant, toujours sur la défensive, continuait à l'observer.

— D'autre part, Marcel Sellier a l'air d'un bon garçon. Quand il lui arrive de mentir, il va tout de suite se confesser pour ne pas rester en état de péché. Il n'a aucune raison de faire condamner ton père. Celui-ci, au lieu d'être injuste avec lui, le met toujours le premier de la classe alors que c'est toi qui devrais l'être.

» Or, Marcel prétend qu'il a vu ton père sortir de la cabane.

Ce fut comme une bulle qui monte soudain à la surface d'un étang. Jean-Paul prononça, tête basse, sans regarder Maigret :

— Il ment.

— Tu es sûr qu'il ment, n'est-ce pas ? Ce n'est pas une impression. Ce n'est pas non plus par jalousie que tu dis ça.

— Je ne suis pas jaloux de lui.

— Pourquoi ne l'as-tu pas avoué plus tôt ?

— Quoi ?

— Que Marcel mentait ?

— Parce que !

— Tu as la certitude qu'il n'a pas vu ton père ?

— Oui.

— Comment ?

Maigret s'était attendu à des larmes, peut-être à des cris, mais Jean-Paul avait les yeux secs derrière ses lunettes. Seulement, son corps s'était détendu. Il n'y avait plus rien d'agressif dans son attitude. Il ne se tenait même plus sur la défensive.

Le seul signe de sa reddition qu'il donna fut, se sentant mal d'aplomb sur ses jambes, de s'asseoir à une certaine distance du commissaire.

— Je l'ai vu.

— Qui as-tu vu ?

— Marcel.

— Où ? Quand ?

— En classe, près de la fenêtre.

— Raconte-moi exactement ce qui s'est passé.

— Il ne s'est rien passé. Monsieur Piedbœuf est venu chercher mon père. Ils se sont dirigés tous les deux vers le bureau de la mairie.

— Tu les voyais ?

— Oui. De ma place, je pouvais les voir. Ils ont pénétré sous la voûte et tous les élèves se sont mis à chahuter, comme d'habitude.

— Tu n'as pas quitté ton banc ?

— Non.

— Tu ne chahutes jamais ?

— Non.

— Où était Marcel ?

— Près de la première fenêtre de gauche, celle qui donne dans la cour et sur les jardins.

— Qu'est-ce qu'il faisait ?

— Rien. Il regardait dehors.

— Il ne chahute pas non plus ?

— Rarement.

— Cela lui arrive ?

— Quand Joseph est là.

— Le fils du boucher ?

— Oui.

— Tu étais assis à ton banc. Marcel se tenait près de la fenêtre de gauche. Ton père et M. Piedbœuf se trouvaient dans le bureau. C'est bien cela ?

— Oui.

— Les fenêtres étaient ouvertes ?

— Elles étaient fermées.

— Tu entendais quand même le bruit de la forge ?

— Il me semble que oui. J'en suis à peu près sûr.

— Que s'est-il passé ?

— Marcel a quitté la fenêtre et traversé la classe.

— Pour aller où ?

— À une des deux fenêtres de droite.

— Celle d'où on peut voir l'arrière de la maison de Mme Birard ?

— Oui.

— Ton père était encore à la mairie à ce moment-là ?

— Oui.

— Marcel n'a rien dit ?

— Non. Il a regardé par la fenêtre.

— Tu ne sais pas ce qu'il regardait ?

— De ma place je ne voyais pas.

— Tu as l'habitude d'observer Marcel ?

Il avoua, gêné :

— Oui.

Maigret, cette fois, ne lui demanda pas pourquoi. Ils étaient deux bons élèves et, parce que Jean-Paul était le fils de l'instituteur, c'était l'autre qui était premier de la classe. Marcel était enfant de chœur et, le dimanche, portait un surplis. Marcel avait des amis, avait Joseph, le fils du boucher, avec qui il chuchotait pendant les récréations et chez qui il allait jouer après la classe.

— Tu as vu ton père sortir ensuite de la mairie ?

— Il s'est dirigé vers notre maison, où il est entré pour boire une tasse de café.

— La fenêtre de la cuisine était ouverte ?

— Non. Je sais qu'il a bu une tasse de café. Il le fait toujours.

— Ta mère était en bas ?

— En haut, dans ma chambre. Je l'apercevais par la fenêtre ouverte.

— Ton père, ensuite, n'est pas entré dans la cabane à outils.

— Non. Il a traversé la cour pour revenir dans la classe.

— Marcel se tenait toujours devant la fenêtre, celle de droite !

— Oui.

— Pourquoi ne l'as-tu pas dit tout de suite ?

— Quand ?

Maigret prit le temps de mettre ses souvenirs en ordre.

— Attends. On a découvert le corps de Léonie Birard dans le début de l'après-midi. On ne vous a pas questionnés tout de suite ?

— On ne nous a pas questionnés ce jour-là. Nous ne savions pas au juste ce qui se passait. On voyait seulement des gens aller et venir. Puis on a aperçu les gendarmes.

Le mardi, en somme, personne n'avait accusé ouvertement l'instituteur. Marcel Sellier n'avait rien dit, ni à ses parents, ni à personne. Par conséquent, Jean-Paul n'avait eu aucune raison ni aucune possibilité de le contredire.

— Tu étais là, le lendemain, quand on a interrogé Marcel ?

— Non. On nous a fait venir au bureau un par un.

— Et quand il est revenu le jeudi matin ? Quand as-tu su qu'il prétendait avoir vu ton père ?

— Je ne sais plus.

— Le mardi soir, tes parents ont parlé de Léonie Birard ?

— Seulement quand j'ai été couché. J'ai entendu une partie de ce qu'ils disaient. Ma mère prétendait que c'était sa faute. Mon père répondait que non, que ce n'étaient que des bruits, qu'on se rendrait compte qu'il n'y était pour rien.

— Pourquoi, quand tu as appris que Marcel l'accusait, n'as-tu pas protesté ?

— On ne m'aurait pas cru.

Une fois encore, Maigret croyait saisir une nuance, un rien, quelque chose de trop subtil pour être exprimé. Le gamin ne s'était pas réjoui de voir accuser son père. Il avait probablement ressenti une certaine honte de le savoir en prison. Mais n'y avait-il pas eu, chez lui, une certaine lâcheté ? N'avait-il pas eu envie, si peu que ce fût, sans se l'avouer, de se désolidariser d'avec ses parents ?

Il leur en voulait de ne pas être comme les autres. Or, ils étaient moins comme les autres que jamais et le village, au lieu de les tenir à l'écart, se retournait contre eux.

Jean-Paul enviait Marcel.

Est-ce qu'il allait l'accuser à son tour ?

Tout au fond, il n'avait pas cédé à un mauvais sentiment. Ce n'était pas de la lâcheté, en tout cas, pas seulement de la lâcheté.

Ne pouvait-on pas prétendre que c'était au contraire une certaine loyauté vis-à-vis des autres ?

Il avait l'occasion de contredire Marcel, de le traiter de menteur. C'était facile. Peut-être cela lui paraissait-il trop facile, une victoire gagnée à bon compte ?

En outre, il restait le fait qu'on ne le croirait pas. Qui l'aurait cru, en effet, dans le village, s'il était venu dire :

— Sellier a menti. Mon père n'est pas sorti de la cabane à outils. Je l'ai vu entrer dans la maison, en sortir, traverser la cour. Et, à ce moment-là,

Marcel se tenait devant la fenêtre opposée, d'où il ne pouvait pas le voir.

— Tu n'as rien dit à ta mère ?

— Non.

— Elle pleure beaucoup ?

— Elle ne pleure pas.

C'était pis. Maigret s'imaginait l'atmosphère de la maison pendant les derniers jours.

— Pourquoi es-tu sorti ce matin ?

— Pour voir.

— Pour voir Marcel ?

— Peut-être.

Peut-être aussi, à son insu, par besoin de participer, ne fût-ce que de loin, à la vie du village ? N'étouffait-il pas, dans la petite maison au fond de la cour, où on n'osait plus ouvrir les fenêtres ?

— Vous allez le dire au lieutenant ?

— Il faut d'abord que je voie Marcel.

— Vous lui raconterez que c'est moi qui ai parlé ?

— Tu aimerais mieux qu'il l'ignore ?

— Oui.

Au fond, il ne désespérait pas complètement d'être admis un jour dans le groupe prestigieux de Marcel, de Joseph et des autres.

— Je crois qu'il me dira la vérité sans que j'aie besoin de te mettre en cause. D'autres élèves ont dû voir devant quelle fenêtre il se tenait.

— Ils chahutaient.

— Tous ?

— Sauf une des filles, Louise Boncœur.

— Quel âge a-t-elle ?

— Quinze ans.

— Elle ne chahute pas avec les autres ?

— Non.

— Tu penses qu'elle regardait Marcel ?

Pour la première fois, il y eut une rougeur sur son visage, surtout à ses oreilles.

— Elle le regarde toujours, balbutia-t-il.

Est-ce parce qu'elle était amoureuse du fils du ferblantier qu'elle ne l'avait pas contredit ou, plus simplement, parce qu'elle n'avait pas fait la distinction entre une fenêtre et une autre ? Marcel avait affirmé qu'il se tenait près de la fenêtre. Ses camarades n'avaient pas dû se demander de quelle fenêtre il s'agissait.

— Il est temps que nous retournions au village.

— Je préférerais ne pas y rentrer avec vous.

— Tu veux partir le premier ?

— Oui. Vous êtes sûr que vous ne direz rien à Marcel ?

Maigret hocha la tête affirmativement et le gamin hésita, toucha sa casquette, se mit à marcher en direction des prés, puis bientôt à courir.

Le commissaire qui était enfin au bord de la mer oubliait de la regarder, suivait des yeux la silhouette qui s'éloignait sur la route.

Il se mit en marche à son tour, s'arrêta pour bourrer sa pipe, se moucha, grommela des mots inintelligibles et ceux qui l'auraient vu avancer lentement sur le chemin se seraient sans doute demandé pourquoi il balançait de temps en temps la tête.

Quand il passa devant le cimetière, les fossoyeurs avaient fini de recouvrir de terre jaunâtre le cercueil de Léonie Birard dont la tombe se reconnaissait de loin, aux bouquets et aux couronnes fraîches.

7

Les indulgences du docteur

Les femmes étaient reparties et, sauf quelques-unes qui habitaient des fermes lointaines, elles devaient déjà avoir retiré leur robe noire et leurs bons souliers. Les hommes, eux, étaient restés, comme un jour de foire, et débordaient de l'auberge de Louis sur le trottoir et dans la cour où on les voyait poser leur bouteille sur l'appui d'une fenêtre ou sur une vieille table en fer qui y avait passé l'hiver.

Au diapason des voix, aux rires, à la lenteur et à l'imprécision des gestes, on savait qu'ils avaient beaucoup bu et quelqu'un, dont Maigret ne vit pas le visage, se soulageait derrière la haie.

Thérèse, affairée, avait trouvé le temps de lui tendre une chopine et un verre. Il n'avait fait que quelques pas à l'intérieur et entendait plusieurs conversations à la fois, il avait aperçu le docteur dans la cuisine mais il y avait trop de monde entre eux pour qu'il pût s'en approcher tout de suite.

— Je n'aurais jamais pensé que nous la mettrions dans le trou, disait un vieux en hochant la tête.

Ils étaient trois, à peu près du même âge. Tous les trois avaient certainement dépassé soixante-quinze ans et, dans le coin où ils se tenaient, ils avaient derrière eux, sur le mur blanc, la loi sur les débits de boissons alcooliques et sur l'ivresse publique. A cause de leur costume noir du dimanche, de leur linge empesé, ils se tenaient plus raides que d'habitude et cela leur donnait une certaine solennité.

C'était curieux de découvrir, dans leur visage ridé, aux sillons profonds, des yeux qui, quand ils se regardaient, prenaient une expression naïve, enfantine. Chacun tenait son verre à la main. Le plus grand des trois, qui avait de magnifiques cheveux blancs et des moustaches soyeuses, oscillait légèrement et, chaque fois qu'il avait envie de prendre la parole, posait un doigt sur l'épaule d'un de ses compagnons.

Pourquoi Maigret les imagina-t-il soudain dans la cour de l'école ? Leurs rires, les coups d'œil qu'ils échangeaient étaient encore des rires, des coups d'œil d'écoliers. Ils avaient fait leurs classes ensemble. Plus tard, ils avaient emmené les mêmes filles dans les fossés et ils avaient assisté au mariage les uns des autres, aux enterrements des parents, aux noces des enfants et aux baptêmes des petits-enfants.

— Elle aurait presque pu être ma sœur, car mon

père m'a toujours dit qu'il avait renversé des tas de fois sa mère sous la meule. Il paraît que c'était une rude femelle et que son mari a été cocu toute sa vie.

Est-ce que cela n'expliquait pas le village ? Derrière Maigret, dans un autre groupe, quelqu'un expliquait :

— Quand il m'a vendu cette vache-là, je lui ai dit :

» — Ecoute, Victor. Je sais que tu es un voleur. Mais n'oublie pas qu'on a fait notre service ensemble à Montpellier et qu'un soir...

Louis, qui n'avait pas eu le temps de se changer, s'était contenté de retirer son veston. Maigret se faufilait lentement, se rappelant que le docteur l'avait invité à déjeuner chez lui ce jour-là. Est-ce que Bresselles l'avait oublié ?

Il avait un verre à la main, comme les autres, mais gardait son sang-froid, s'efforçant de faire entendre raison au boucher, Marcellin, qui était le plus ivre de tous et qui paraissait très agité. C'était difficile, de loin, de deviner ce qui se passait au juste. Marcellin en avait apparemment contre quelqu'un, essayait de repousser le petit docteur pour s'avancer dans la première pièce.

— Je te dis que je vais lui dire ! entendit le commissaire.

— Reste tranquille, Marcellin. Tu es saoul.

— Ce n'est pas mon droit d'être saoul, peut-être ?

— Qu'est-ce que je t'ai dit la dernière fois que tu es venu te faire examiner ?

— Je m'en fous !

— Si tu continues comme ça, le prochain enterrement sera le tien.

— Je n'admets pas qu'on m'espionne. Je suis un homme libre.

Le vin ne lui réussissait pas. Son visage était blanc, avec du rose malsain aux pommettes et autour des paupières. Il n'était plus maître de ses mouvements. Sa voix devenait pâteuse.

— Tu entends, toubib ? Je n'ai jamais supporté les espions. Or, qu'est-ce qu'il fait ici, sinon...

C'était Maigret qu'il regardait, de loin, et vers qui il tentait de se précipiter pour lui dire ce qu'il avait sur le cœur. Deux ou trois autres l'observaient en riant. Quelqu'un tendit un verre que le docteur saisit au passage et dont il versa le contenu par terre.

— Tu ne vois pas qu'il a son compte, Firmin ?

Jusque-là, il n'y avait eu aucune dispute, aucune bagarre. Au fond, tous se connaissaient trop pour se battre et chacun savait exactement qui était le plus fort.

Maigret évitait de se rapprocher davantage, feignait, pour ne pas exciter le boucher, de ne pas s'apercevoir de ce qui se passait. Il n'en tenait pas moins le groupe à l'œil et il assista à une petite scène qui ne fut pas sans le surprendre.

L'adjoint, Théo, grand et mou, avec toujours de la rigolade dans les yeux, rejoignit les autres brandissant un verre, non pas de vin, mais d'un pernod qu'à sa couleur on devinait bien tassé.

Il dit quelques mots à voix basse au docteur, tendit le verre au boucher en lui posant la main sur l'épaule. Il lui parla aussi et Marcellin, d'abord, parut se débattre, être sur le point de le repousser.

Enfin, il saisit le verre dont il avala le contenu d'un trait et son regard, presque instantanément, devint plus vague, vitreux. Il essaya encore de tendre un doigt menaçant dans la direction du commissaire, mais son bras était devenu trop lourd.

Alors, comme s'il venait de l'assommer, Théo le poussa vers l'escalier où il le fit monter et où il dut, après quelques marches, le hisser sur son épaule.

— Vous n'avez pas oublié mon invitation ?

Le médecin, qui avait rejoint Maigret, soupirait de soulagement, prononçait à peu près les mêmes mots que le vieux du coin.

— *Ils l'ont mise dans le trou !* Vous venez ?

Ils se dégageaient tous les deux, gagnaient le trottoir, faisaient quelques pas dehors.

— Avant trois mois, ce sera le tour de Marcellin. Je lui répète régulièrement :

» — Marcellin, si tu ne t'arrêtes pas de boire, tu vas crever !

» Il en est au point où il ne mange plus.

— Il est malade ?

— Ils sont tous malades dans sa famille. C'est un pauvre type.

— Théo est allé le coucher là-haut ?

— Il fallait bien s'en débarrasser.

Il ouvrit la porte. La maison sentait bon la cuisine.

— Vous prenez l'apéritif ?

— J'aimerais mieux pas.

L'odeur du vin était si dense, dans l'auberge de

Louis, qu'on aurait pu s'enivrer rien que de la respirer.

— Vous avez assisté à l'enterrement ?

— De loin.

— Je vous ai cherché en sortant du cimetière, mais je ne vous ai pas vu. Le déjeuner est prêt, Armande ?

— Dans cinq minutes.

Il n'y avait que deux couverts. Tout comme une servante de curé, la sœur du docteur préférait ne pas s'asseoir à table. Elle devait manger debout dans sa cuisine, entre deux plats.

— Asseyez-vous. Qu'est-ce que vous en dites ?

— De quoi ?

— De rien. De tout. Elle a eu un fameux enterrement !

Maigret grommela :

— L'instituteur est toujours en prison.

— Il fallait qu'on y mette quelqu'un.

— J'aimerais vous poser une question, docteur. Parmi tout ce monde qui se trouvait aux obsèques, pensez-vous qu'il y en ait beaucoup pour croire que Gastin a tué Léonie Birard ?

— Sûrement quelques-uns. On trouve des gens pour croire n'importe quoi.

— Et les autres ?

Le médecin ne comprit pas tout de suite la portée de la question. Maigret s'expliqua :

— Mettons qu'un dixième de la population soit persuadé que l'instituteur a tiré.

— C'est à peu près la proportion.

— Les autres neuf dixièmes ont leur idée.

— Sans aucun doute.

154

— Qui soupçonnent-ils ?

— Cela dépend. A mon avis, chacun soupçonne plus ou moins sincèrement la personne qu'il aimerait le mieux voir coupable.

— Et personne n'en parle ?

— Entre eux, ils doivent le faire.

— Vous avez entendu exprimer des soupçons de ce genre ?

Le docteur le regarda avec une ironie assez semblable à celle de Théo.

— Ils ne me disent pas ces choses-là, à moi.

— Cependant, sachant ou croyant que l'instituteur n'est pas coupable, cela ne les tracasse pas qu'il soit en prison.

— Cela ne les tracasse sûrement pas. Gastin n'est pas quelqu'un du village. Ils considèrent que, si le lieutenant de gendarmerie et le juge d'instruction ont jugé bon de l'arrêter, c'est leur affaire. Tous les deux sont payés pour ça.

— Ils le laisseraient condamner ?

— Sans sourciller. Par exemple, si c'était un des leurs, cela deviendrait une autre histoire. Est-ce que vous commencez à comprendre ? Du moment qu'il faut un coupable, autant que ce soit un étranger.

— Ils croient le fils Sellier sincère ?

— Marcel est un bon garçon.

— Il a menti.

— C'est possible.

— Je me demande pourquoi.

— Peut-être parce qu'il s'est figuré qu'on allait accuser son père. Il ne faut pas oublier que sa mère est la nièce de la vieille Birard et que c'est elle qui va hériter.

— Je croyais que la postière avait toujours prétendu que sa nièce ne toucherait pas un sou.

On discernait un certain embarras dans l'attitude du docteur. Sa sœur apporta les hors-d'œuvre.

— Vous n'étiez pas à l'enterrement ? lui demanda Maigret.

— Armande ne va jamais aux enterrements.

Ils commencèrent à manger en silence. Ce fut Maigret, le premier, qui parla à nouveau, comme pour lui-même.

— Ce n'est pas le mardi, mais le lundi, que Marcel Sellier a vu l'instituteur sortir de la cabane à outils.

— Il l'a avoué ?

— Je ne le lui ai pas encore demandé, mais j'en ai la quasi-certitude. Le lundi, avant la classe, Gastin a travaillé dans son jardin. Quand il a traversé la cour, dans le courant de la matinée, il a aperçu une houe qui traînait et est allé la remettre à sa place. Le mardi soir, après la découverte du corps, Marcel n'a rien dit et ne pensait pas encore à accuser son maître d'école.

» Plus tard, une idée lui est venue, ou une conversation entendue l'a décidé à le faire.

» Il n'a pas menti tout à fait. Les femmes et les enfants ont la spécialité de ces demi-mensonges. Il n'a rien inventé, s'est contenté de décaler d'un jour un événement réel.

— C'est assez rigolo !

— Je parierais qu'il essaie de se persuader que c'est bien mardi qu'il a vu le maître d'école sortir de la cabane. Il n'y arrive pas, évidemment, et il a dû aller se confesser.

156

— Pourquoi ne le demandez-vous pas au curé ?

— Parce que, si celui-ci me répondait, ce serait trahir indirectement le secret de la confession. Le prêtre ne le fera pas. Je me proposais de demander aux voisins, entre autres aux gens de la coopérative, s'ils avaient vu Marcel entrer à l'église en dehors des services, mais je sais maintenant qu'il s'y rend par la cour.

Le gigot était à point et les haricots fondaient dans la bouche. Le docteur avait sorti une vieille bouteille. Dehors, ils pouvaient entendre une rumeur sourde, le bruit des conversations dans la cour de l'auberge et sur la place.

Le docteur se rendait-il compte que Maigret ne parlait que pour essayer ses idées sur un interlocuteur ? Il tournait autour du même sujet, paresseusement, sans jamais en arriver à l'essentiel.

— Au fond, je ne crois pas que Marcel ait menti pour éviter qu'on soupçonne son père.

Il eut l'impression, à ce moment-là, que Bresselles en savait plus qu'il ne voulait en dire.

— Vraiment ?

— J'essaie, voyez-vous, de me mettre dans la peau des enfants. Depuis le début, j'ai l'impression que c'est une histoire d'enfants, à laquelle des grandes personnes ne se trouvent mêlées que par hasard.

Il ajouta en regardant le docteur en face, calmement, lourdement :

— Et je crois de plus en plus que d'autres le savent aussi.

— Peut-être, dans ce cas, arriverez-vous à les faire parler ?

— Peut-être. C'est difficile, n'est-ce pas ?

— Très difficile.

Bresselles se moquait de lui, de la même façon, toujours, que l'adjoint au maire.

— J'ai eu, ce matin, une longue conversation avec le fils Gastin.

— Vous êtes allé chez eux ?

— Non. Je l'ai aperçu qui observait l'enterrement par-dessus le mur du cimetière et je l'ai suivi jusqu'à la mer.

— Qu'est-il allé faire à la mer ?

— Il me fuyait. En même temps, il souhaitait que je le rattrape.

— Qu'est-ce qu'il vous a dit ?

— Que Marcel Sellier ne se tenait pas devant la fenêtre de gauche, mais devant celle de droite. A la rigueur Marcel aurait pu voir Léonie Birard tomber au moment où la balle lui est entrée dans l'œil, mais il lui était impossible de voir l'instituteur sortir de la cabane.

— Qu'en concluez-vous ?

— Que c'est pour couvrir quelqu'un que le fils Sellier s'est décidé à mentir. Pas tout de suite. Il a pris son temps. L'idée ne lui est probablement pas venue immédiatement.

— Pourquoi a-t-il choisi l'instituteur ?

— D'abord, parce que c'était la personne la plus plausible. Et aussi, justement, parce qu'il l'avait vu la veille, presque à la même heure, sortir de la cabane. Enfin, peut-être à cause de Jean-Paul.

— Vous pensez qu'il le déteste ?

— Remarquez, docteur, que je n'affirme rien. Je cherche, à tâtons. J'ai interrogé les deux enfants.

158

Ce matin, j'ai observé des vieillards qui, jadis, ont été des enfants aussi, ici-même. Si les habitants du village sont aisément hostiles aux étrangers, n'est-ce pas parce que, à leur insu, ils les envient ? Eux passent toute leur existence à Saint-André, avec, de temps en temps, un voyage à La Rochelle, la distraction d'une noce ou d'un enterrement.

— Je vois où vous voulez en venir.

— L'instituteur vient de Paris. A leurs yeux, c'est un homme instruit, qui s'occupe de leurs petites affaires et se mêle de leur donner des conseils. Pour un gamin, le fils de l'instituteur a un peu le même prestige.

— Marcel aurait menti par haine de Jean-Paul ?

— En partie par envie. Le plus curieux, c'est que, de son côté, Jean-Paul envie Marcel et ses amis. Il se sent seul, différent des autres, tenu par eux à l'écart.

— Il y a néanmoins quelqu'un qui a tiré sur la vieille Birard et ce ne peut être aucun des deux gamins.

— C'est exact.

On apportait une tarte aux pommes faite à la maison et l'odeur du café parvenait de la cuisine.

— J'ai de plus en plus l'impression que Théo connaît la vérité.

— Parce qu'il était dans son jardin ?

— Pour cela et pour d'autres raisons. Hier soir, docteur, vous m'avez dit gaiement que ce sont tous des canailles.

— Je plaisantais.

— A moitié, n'est-il pas vrai ? Ils trichent tous plus ou moins, commettent ce que vous appelleriez de petites canailleries. Vous avez votre franc-parler. Vous les houspillez à l'occasion. Mais, en réalité, vous ne les trahiriez pas. Est-ce que je me trompe ?

— Le curé, selon vous, refuserait de vous répondre si vous le questionniez au sujet de Marcel et je pense que vous avez raison. Moi, je suis leur toubib. C'est un peu la même chose. Savez-vous, commissaire, que notre déjeuner commence à ressembler à un interrogatoire ? Que préférez-vous avec votre café ? Fine ou calvados ?

— Calvados.

Bresselles alla prendre la bouteille dans un meuble ancien, remplit les verres, toujours gai, enjoué, mais avec un peu plus de sérieux dans les prunelles.

— A votre santé.

— Je voudrais vous parler de l'accident, prononça Maigret presque timidement.

— Quel accident ?

Le docteur ne posait la question que pour se donner le temps de réfléchir, car les accidents n'étaient pas si nombreux dans le village.

— L'accident de motocyclette.

— On vous en a parlé ?

— Je sais seulement que le fils de Marcellin a été renversé par une moto. Quand était-ce ?

— Il y a un peu plus d'un mois, un samedi.

— Cela s'est passé près de chez la vieille Birard ?

— Pas très loin. Peut-être à cent mètres.

— C'était le soir ?

— Un peu avant le dîner. Il faisait noir. Les deux gamins...

— Quels gamins ?

— Joseph, le fils de Marcellin, et Marcel.

— Ils n'étaient que tous les deux ?

— Oui. Ils rentraient chez eux. Une moto venait de la mer. On ne sait pas au juste comment c'est arrivé.

— Qui était le motocycliste ?

— Hervé Jusseau, un bouchoteur d'une trentaine d'années qui s'est marié l'année dernière.

— Il avait bu ?

— Il ne boit pas. Il a été élevé par ses tantes, qui sont très strictes et qui continuent à vivre avec le ménage.

— Son phare était allumé ?

— L'enquête a démontré qu'il l'était. Les enfants devaient jouer. Joseph a voulu traverser la route et a été renversé.

— Il a eu une jambe cassée ?

— En deux endroits.

— Il boitera ?

— Non. D'ici une semaine ou deux, il n'y paraîtra plus.

— Il ne peut pas encore marcher ?

— Non.

— L'accident rapporte-t-il quelque chose à Marcellin ?

— L'assurance payera une certaine somme, car Jusseau a admis qu'il était probablement dans son tort.

— Vous croyez qu'il l'était ?

Le docteur, visiblement mal à l'aise, prit le parti d'éclater de rire.

— Je commence à savoir ce que vous appelez, au Quai des Orfèvres, un interrogatoire à la chansonnette. Je préfère me mettre à table. C'est bien ainsi que vous dites ?

Il remplit les verres.

— Marcellin est un pauvre type. Tout le monde sait qu'il n'en a plus pour longtemps. On ne peut pas lui en vouloir de boire, car il n'a jamais eu de chance. Non seulement il y a toujours eu quelqu'un de mal portant chez lui, mais tout ce qu'il entreprend tourne mal. Voilà trois ans, il a loué des prés pour engraisser des bœufs et la sécheresse a été telle qu'il a perdu ce qu'il a voulu. Il tire le diable par la queue. Sa camionnette est plus souvent en panne au bord de la route qu'en train de livrer la viande.

— De sorte que Jusseau, qui n'a rien à y perdre, puisque c'est l'assurance qui paie, a pris les torts sur lui ?

— C'est à peu près cela.

— Tout le monde est au courant ?

— Plus ou moins. Une compagnie d'assurances, c'est une entité vague et lointaine, comme le gouvernement, et cela paraît toujours un droit de lui prendre de l'argent.

— Vous avez rédigé les certificats ?

— Certainement.

— Vous les avez rédigés de telle sorte que Marcellin touche le plus possible ?

— Mettons que j'ai insisté sur les complications qui pourraient se présenter.

— Il n'y a pas eu de complications ?

162

— Il aurait pu y en avoir. Quand une vache crève de maladie subite, cinq fois sur dix le vétérinaire rédige un certificat d'accident.

C'était au tour de Maigret de sourire.

— Si je comprends bien, le fils de Marcellin pourrait être debout depuis une semaine ou deux.

— Une semaine.

— En le gardant dans le plâtre, vous permettez à son père de réclamer une somme plus élevée à l'assurance ?

— Vous voyez que même le médecin est obligé d'être un peu canaille. Si je refusais, il y a longtemps que je ne serais plus ici. Et c'est bien parce que l'instituteur refuse de donner des certificats de complaisance qu'il est aujourd'hui en prison. S'il s'était montré plus coulant, s'il ne s'était pas disputé cent fois avec Théo en reprochant à celui-ci de se montrer trop large avec l'argent du gouvernement, on aurait peut-être fini par l'adopter.

— Malgré ce qui est arrivé à sa femme ?

— Ils en ont tous autant sur leurs cornes.

— Marcel Sellier a été le seul témoin de l'accident ?

— Je vous ai dit que c'était le soir. Il n'y avait personne d'autre sur le chemin.

— Quelqu'un aurait pu les voir d'une fenêtre ?

— Vous pensez à la Birard ?

— Je suppose qu'elle ne se tenait pas *toujours* dans sa cuisine et qu'il lui arrivait de passer dans la pièce de devant.

— Il n'a pas été question d'elle à l'enquête. Elle n'a rien dit.

Le docteur se gratta la tête, tout à fait sérieux, cette fois.

— J'ai l'impression que vous finissez par savoir où vous voulez en venir. Remarquez que je ne vous suis pas encore.

— Vous en êtes sûr ?

— De quoi ?

— Pour quelle raison, ce matin, Marcellin essayait-il de se précipiter sur moi ?

— Il était ivre.

— Pourquoi s'en prendre à moi en particulier ?

— Vous étiez le seul étranger à l'auberge. Quand il a bu, il se croit persécuté. De là à s'imaginer que vous n'êtes ici que pour l'espionner...

— Vous vous êtes efforcé de le calmer.

— Vous auriez préféré la bagarre ?

— Théo l'a assommé en lui faisant boire un double ou triple pernod et l'a transporté à l'étage. C'est la première fois que je vois l'adjoint jouer les saint-bernard.

— Marcellin est son cousin.

— J'aurais préféré qu'on lui laisse dire ce qu'il avait envie de me sortir.

Les autres n'avaient visiblement pas envie qu'il parle, l'avaient en quelque sorte escamoté et maintenant le boucher devait être en train de cuver son vin dans une des chambres du premier.

— Il va falloir que je passe dans mon cabinet, dit Bresselles. Ils sont sans doute une bonne douzaine à attendre.

Le cabinet de consultation était un bâtiment bas, de deux pièces, dans la cour. On y voyait des gens

164

assis en rang contre un mur, dont un enfant avec un bandage autour de la tête et un vieux à béquilles.

— Je crois que vous arriverez à quelque chose ! soupira le petit docteur en faisant allusion, non à la carrière de Maigret, bien entendu, mais à son enquête.

Il le regardait maintenant avec un certain respect, mais aussi avec quelque ennui.

— Vous auriez préféré que je ne trouve rien ?

— Je me le demande. Peut-être aurait-il mieux valu que vous ne veniez pas.

— Cela dépend de ce qu'il y a au bout. Vous n'en avez pas la moindre idée ?

— J'en sais à peu près autant que vous.

— Et vous auriez laissé Gastin en prison ?

— De toute façon, ils ne peuvent pas le garder longtemps.

Bresselles n'était pas du pays. Il était né à la ville, comme l'instituteur. Mais depuis plus de vingt ans il vivait avec le village et, malgré lui, s'en sentait solidaire.

— Venez me voir quand vous en aurez envie. Croyez que je fais ce que je peux. Il se fait seulement que j'aime mieux vivre ici et passer la plus grande partie de mes journées sur les routes que de m'enfermer, en ville ou dans je ne sais quelle banlieue, dans un cabinet de consultations.

— Merci pour le déjeuner.

— Vous allez questionner à nouveau le jeune Marcel ?

— Je ne sais pas encore.

— Si vous tenez à ce qu'il parle, il est préférable que vous le voyiez hors la présence de son père.

— Il a peur de son père ?

— Je ne crois pas que ce soit de la peur. Plutôt de l'admiration. S'il a menti, il doit vivre dans la terreur.

Quand Maigret se retrouva dehors, il n'y avait plus que quelques groupes chez Louis et sur la place. Théo, dans un coin, jouait aux cartes, comme les autres jours, avec le facteur, le forgeron, et un fermier. Son regard croisa celui de Maigret et, s'il restait goguenard, on commençait à y sentir un certain respect.

— Marcellin est toujours là-haut ? demanda le commissaire à Thérèse.

— Il ronfle ! Il a sali toute la chambre. Il ne peut plus supporter la boisson. C'est chaque fois la même chose.

— Personne ne m'a demandé ?

— Le lieutenant est passé tout à l'heure. Il n'est pas entré, a seulement jeté un coup d'œil à l'intérieur comme s'il cherchait quelqu'un, peut-être vous. Vous buvez quelque chose ?

— Merci.

Même l'odeur du vin l'écœurait. Il se dirigeait lentement vers la mairie. Un des brigadiers était en conversation avec le lieutenant Daniélou.

— Vous avez essayé de me voir ?

— Pas spécialement. Je suis passé tout à l'heure sur la place et j'ai regardé si vous étiez à l'auberge.

— Rien de nouveau ?

— Ce n'est peut-être pas important. Le brigadier Nouli a trouvé une septième carabine.

166

— Calibre 22 ?

— Oui. La voici. Elle est du même type que les autres.

— Où était-elle ?

— Dans la remise, derrière la maison du boucher.

— Cachée ?

Le brigadier répondit lui-même :

— J'étais toujours occupé à chercher la douille avec mon collègue. Nous passions d'un jardin à l'autre. J'ai vu la porte d'une remise ouverte, avec des taches de sang partout. Dans un coin, j'ai aperçu la carabine.

— Vous avez questionné la femme du boucher ?

— Oui. Elle m'a répondu que, quand Sellier a battu le tambour pour demander qu'on porte toutes les carabines à la mairie, elle n'avait pas pensé à celle de son fils, étant donné que celui-ci était couché. Il a eu un accident voilà un mois, et...

— Je sais.

Maigret, l'arme à la main, tirait des petites bouffées de sa pipe. Il finit par poser la carabine dans un autre coin que les autres.

— Vous voulez venir un instant avec moi, lieutenant ?

Ils traversèrent la cour, poussèrent la porte de la classe où régnait une odeur d'encre et de craie.

— Remarquez que je ne sais pas encore où ceci nous mènera. Mardi matin, quand l'instituteur est sorti d'ici avec le fermier Piedbœuf, Marcel Sellier s'est dirigé vers cette fenêtre.

— C'est ce qu'il nous a déclaré.

— On peut voir, à droite du tilleul, la cabane à

outils. On peut voir aussi des fenêtres, entre autres celles du premier étage de la maison du boucher.

Le lieutenant écoutait, les sourcils froncés.

— Le gamin n'est pas resté à cette place. Avant que l'instituteur quitte le bureau, il a traversé la classe.

Maigret le faisait aussi, passait devant le tableau noir, le pupitre du maître d'école, se dirigeait vers la fenêtre qui se trouvait juste en face de la première.

— D'ici, comme vous pouvez vous en assurer, on découvre la maison de Léonie Birard. Si celle-ci se tenait debout à sa fenêtre quand elle a été atteinte, comme l'enquête paraît le démontrer, il est possible que Marcel l'ait vue tomber.

— Vous supposez qu'il avait une raison de passer d'une fenêtre à l'autre ? Il aurait vu quelque chose et...

— Pas nécessairement.

— Pourquoi a-t-il menti ?

Maigret préféra ne pas répondre.

— Vous avez des soupçons ?

— Je crois.

— Qu'est-ce que vous allez faire ?

— Ce qu'il y a à faire, répondit Maigret sans enthousiasme.

Il poussa un soupir, vida sa pipe sur le plancher grisâtre, regarda les cendres, par terre, d'un air embarrassé et ajouta comme à regret :

— Cela ne va pas être agréable.

D'une fenêtre du premier étage, en face, Jean-Paul les observait à travers la cour.

8

Le fer à cheval de Léonie

Avant de quitter la classe, Maigret vit une autre silhouette à une fenêtre, ouverte celle-ci, plus loin, au-delà des jardins. La personne qui était assise sur le rebord tournait le dos mais, à la forme de la tête et à l'embonpoint, il reconnut Marcel Sellier.

— Je suppose que c'est bien la maison du boucher ?

Le lieutenant suivit la direction de son regard.

— Oui... Joseph, le fils, et Marcel sont très amis.

Là-bas, le garçon se retourna, baissa la tête pour regarder une femme qui mettait du linge à sécher dans un jardin. Machinalement, son regard décrivit un arc de cercle à l'instant où Maigret et le gendarme sortaient de la classe et étaient tournés dans sa direction.

Malgré la distance, on devina, à son mouvement, qu'il parlait à quelqu'un dans la pièce, puis il quitta l'appui de la fenêtre et disparut.

Tourné vers le commissaire, Daniélou murmura, songeur :

— Bonne chance !

— Vous rentrez à La Rochelle ?

— Vous préférez que je vous attende ?

— Cela me permettrait peut-être de prendre le train du soir.

Il n'avait pas plus de cent cinquante mètres à parcourir. Il le fit à grands pas cadencés. La boucherie était une maison basse, ramassée sur elle-même. Il n'y avait pas de vrai magasin. C'était la pièce de gauche du rez-de-chaussée qu'on avait transformée en y mettant un drôle de comptoir avec une balance, une glacière d'un ancien modèle et une table à découper la viande.

La porte d'entrée donnait dans un couloir au fond duquel, à gauche de l'escalier, on apercevait la cour.

Avant de frapper, Maigret était passé devant la fenêtre de droite, celle de la cuisine, qui était ouverte et où trois femmes, dont une vieille à bonnet blanc, étaient assises autour de la table ronde et mangeaient de la tarte. L'une d'elles devait être la femme de Marcellin, les deux autres sa mère et sa sœur qui habitaient le village voisin et qui étaient venues pour l'enterrement.

Elles l'avaient vu passer. Les fenêtres étaient si petites qu'un instant il avait bouché celle-là de sa carrure. Elles l'entendirent qui hésitait devant la porte ouverte, cherchait une sonnette, n'en trouvait pas et s'avançait de deux pas en faisant du bruit.

La bouchère se leva de sa chaise, entrebâilla la porte de la cuisine, dit d'abord :

— Qu'est-ce que c'est ?

170

Puis, le reconnaissant probablement pour l'avoir vu dans le village :

— Vous êtes le policier de Paris, n'est-ce pas ?

Si elle était allée à l'enterrement, elle s'était déjà changée. Elle ne devait pas être vieille mais elle avait les épaules voûtées, les joues creuses, les yeux fiévreux. Evitant de le regarder en face, elle ajoutait :

— Mon mari n'est pas ici. Je ne sais pas quand il rentrera. C'est lui que vous voulez voir ?

Elle ne l'invitait pas à entrer dans la cuisine, où les deux autres se taisaient.

— Je désire dire un mot à votre fils.

Elle avait peur, mais cela ne signifiait rien, car c'était une femme qui devait toujours avoir peur, qui vivait dans l'attente d'une catastrophe.

— Il est couché.

— Je sais.

— Il y a plus d'un mois qu'il est là-haut.

— Vous permettez que je monte ?

Que pouvait-elle faire ? Elle le laissa passer sans oser protester, les doigts crispés sur un coin de son tablier. Il n'avait gravi que quatre ou cinq marches quand il aperçut Marcel qui descendait le même escalier et ce fut Maigret qui se colla le dos au mur.

— Pardon... balbutia le gamin en évitant de le regarder en face, lui aussi.

Il avait hâte d'être dehors, devait s'attendre à ce que Maigret l'arrête au passage, ou le rappelle, mais le commissaire ne le faisait pas et reprenait son ascension.

— La porte à droite, lui dit la mère quand il atteignit le palier.

Il frappa. Une voix d'enfant fit :

171

— Entrez.

La mère restait toujours là, immobile, la tête levée vers lui pendant qu'il poussait la porte et qu'il la refermait.

— Ne te dérange pas.

Assis sur son lit, avec plusieurs oreillers derrière le dos, une jambe entourée de plâtre jusqu'à mi-cuisse, Joseph avait fait mine de se lever.

— J'ai croisé ton ami dans l'escalier.

— Je sais.

— Pourquoi ne m'a-t-il pas attendu ?

La pièce était basse de plafond et Maigret touchait presque la poutre centrale de la tête. Elle n'était pas grande. Le lit en occupait la plus grande partie. Il était en désordre, couvert de journaux illustrés et de bouts de bois taillés au canif.

— Tu t'ennuies ?

Il y avait bien une chaise, mais elle était encombrée d'objets variés, un veston, une fronde, deux ou trois livres et d'autres morceaux de bois.

— Vous pouvez enlever tout ce qu'il y a dessus, dit l'enfant.

Jean-Paul Gastin ressemblait à son père et à sa mère. Marcel ressemblait au ferblantier.

Joseph, lui, n'avait aucun des traits du boucher ni de sa femme. Des trois enfants, c'était sans contredit le plus beau, celui qui donnait le plus l'impression d'un garçon sain, équilibré.

Maigret était allé s'asseoir sur le rebord de la fenêtre, le dos tourné au paysage de cours et de jardins, à la place que Marcel occupait tout à l'heure, et il ne se pressait pas de parler. Ce n'était pas, comme cela lui arrivait au Quai des Orfèvres, pour

172

dérouter son interlocuteur, mais parce qu'il ne savait pas par où commencer.

Joseph ouvrit la bouche le premier pour demander :

— Où est mon père ?

— Chez Louis.

L'enfant hésita, questionna encore :

— Comment est-il ?

A quoi bon lui cacher ce qu'il devait fort bien savoir.

— Théo l'a couché.

Au lieu de l'inquiéter, cela parut le rassurer.

— Ma mère est en bas avec ma grand-mère ?

— Oui.

Le soleil qui déclinait dans un ciel toujours clair chauffait doucement le dos de Maigret et, des jardins, montaient des chants d'oiseaux ; un enfant, quelque part, jouait de la trompette en fer-blanc.

— Tu ne veux pas que j'enlève ton plâtre ?

On aurait dit que Joseph s'y attendait, comprenait à mi-mot. Il n'était pas inquiet, comme sa mère. Il n'avait pas l'air d'avoir peur. Il observait l'épaisse silhouette de son visiteur, son visage en apparence impassible et réfléchissait sur le parti à prendre.

— Vous savez ça ?

— Oui.

— Le docteur vous l'a dit ?

— Je l'avais deviné avant. Qu'est-ce que vous faisiez, Marcel et toi, quand la moto t'a renversé ?

Joseph était réellement soulagé.

— Vous n'avez pas retrouvé le fer à cheval ? dit-il.

Et ces mots créèrent une image dans l'esprit de

173

Maigret. Il avait vu un fer à cheval quelque part. C'était quand il avait visité la maison de Léonie Birard. Le fer à cheval, rouillé, traînait par terre, dans le coin à droite de la fenêtre, non loin des traits à la craie qui marquaient l'emplacement du corps.

Cela ne lui avait pas échappé. Il avait même failli poser une question. Puis, en se redressant, il avait aperçu un clou, s'était dit que le fer avait probablement été accroché à ce clou. Beaucoup de gens, à la campagne, conservent ainsi, comme porte-bonheur, un fer à cheval qu'ils ont ramassé sur la route.

Daniélou et les gendarmes qui avaient examiné les lieux avant lui avaient dû se faire la même réflexion.

— Il y a en effet un fer à cheval chez Léonie Birard, répondit-il.

— C'est moi qui l'ai trouvé, le soir de l'accident. J'étais sur le chemin de la mer avec Marcel quand j'ai buté dedans. Il faisait noir. Je l'ai emporté. Nous sommes passés devant chez la vieille et j'avais le fer à la main. La fenêtre, du côté de la route, était ouverte. Nous nous sommes approchés sans bruit.

— La postière se tenait dans la première pièce ?

— Dans la cuisine. La porte était entrouverte.

Il ne pouvait empêcher un sourire de monter à ses lèvres.

— J'ai d'abord eu l'idée de jeter le fer dans la maison pour lui faire peur.

— Comme tu lançais des chats crevés et d'autres ordures ?

— Je ne suis pas le seul à l'avoir fait.

— Tu as changé d'idée ?

— Oui. Je me suis dit que ce serait plus amusant de le glisser dans son lit. J'ai enjambé l'appui de la fenêtre, sans bruit, j'ai fait deux ou trois pas ; malheureusement, j'ai heurté quelque chose, je ne sais pas quoi. Elle a entendu. J'ai lâché le fer et j'ai sauté par la fenêtre.

— Où était Marcel ?

— Il m'attendait un peu plus loin. Je me suis mis à courir. J'entendais la vieille qui criait des menaces à sa fenêtre et c'est alors que la moto m'a heurté.

— Pourquoi ne l'as-tu pas dit ?

— D'abord, on m'a transporté chez le docteur, et j'avais très mal. On m'a donné un médicament qui m'a fait dormir. Quand je me suis réveillé, mon père était là et m'a tout de suite parlé de l'assurance. J'ai compris que, si j'avouais la vérité, on prétendrait que c'était ma faute et que l'assurance ne payerait pas. Mon père a besoin d'argent.

— Marcel est venu te voir ?

— Oui. Je lui ai fait promettre de ne rien dire non plus.

— Depuis, il est venu te voir tous les jours ?

— A peu près tous les jours. C'est mon ami.

— Jean-Paul n'est pas ton ami ?

— Il n'est l'ami de personne.

— Pourquoi ?

— Je ne sais pas. Il n'en a sans doute pas envie. Il ressemble à sa mère. Sa mère ne parle pas aux femmes du village.

— Tu ne t'ennuies pas, tout seul, dans cette chambre, depuis un mois ?

— Oui.

— Qu'est-ce que tu fais, toute la journée ?

— Rien. Je lis. Je découpe des morceaux de bois dont je fais des petits bateaux et des personnages.

Il y en avait des douzaines autour de lui, certains assez fignolés.

— Tu ne vas jamais à la fenêtre ?

— Je ne devrais pas.

— Par crainte qu'on sache que tu peux marcher ?

Il répondit franchement :

— Oui.

Puis il questionna :

— Vous allez le dire à l'assurance ?

— Cela ne me regarde pas.

Il y eut un silence pendant lequel Maigret se retourna pour regarder le dos des maisons et la cour de l'école.

— Je suppose que c'est surtout pendant les récréations que tu regardes par la fenêtre ?

— Souvent.

Juste en face, de l'autre côté des jardinets, il pouvait voir les fenêtres de Léonie Birard.

— Il est arrivé à la postière de t'apercevoir ?

— Oui.

L'enfant s'assombrissait, maintenant, hésitait encore un peu, mais savait déjà qu'il fallait qu'il parle.

— Déjà, avant, quand elle me voyait, elle m'adressait des grimaces.

— Elle te tirait la langue ?

— Oui. Après l'accident, elle s'est mise à me narguer en me montrant le fer à cheval.

— Pourquoi ?

— Sans doute pour me faire comprendre qu'elle pouvait aller tout raconter.

— Elle ne l'a pourtant pas fait.

— Non.

C'était un peu comme si l'ancienne receveuse avait eu l'âge des gamins avec qui elle se chamaillait et qui l'avaient prise comme bête noire. Elle criait, menaçait, leur tirait la langue. De loin, elle rappelait à Joseph qu'elle pouvait lui causer des ennuis.

— Cela te faisait peur ?

— Oui. Mes parents ont besoin de l'argent.

— Ils sont au courant de l'histoire du fer à cheval ?

— Mon père oui.

— Tu la lui as racontée ?

— Il a deviné que j'avais fait quelque chose que je ne lui disais pas et j'ai été forcé d'avouer la vérité.

— Il t'a grondé ?

— Il m'a recommandé de me taire.

— Combien de fois Léonie Birard t'a-t-elle montré le fer à cheval par la fenêtre ?

— Peut-être vingt fois. Elle le faisait chaque fois qu'elle me voyait.

Comme il l'avait fait le matin avec Jean-Paul, Maigret alluma lentement sa pipe, de façon à paraître aussi peu redoutable que possible. Il avait l'air d'écouter d'une oreille distraite une histoire sans importance et, à le voir détendu, le regard presque naïf, le gamin aurait pu se figurer qu'il bavardait avec un de ses camarades.

— Qu'est-ce que Marcel est venu te dire tout à l'heure ?

— Que, si on l'interrogeait encore, il serait obligé d'avouer la vérité.

— Pour quelle raison ? Il a peur ?

— Il est allé se confesser. Je crois aussi que l'enterrement l'a impressionné.

— Il dira qu'il t'a vu à la fenêtre avant de se diriger vers la fenêtre d'en face ?

— Comment le savez-vous ? Vous voyez ! Dans cette maison, tout tourne mal. D'autres font des choses pires et il ne leur arrive rien. Chez nous, c'est le contraire.

— Qu'est-ce que tu faisais à la fenêtre ?

— Je regardais.

— La vieille te montrait le fer à cheval ?

— Oui.

— Raconte-moi exactement ce qui s'est passé.

— Je ne peux rien faire d'autre, n'est-ce pas ?

— Pas au point où nous en sommes.

— J'ai pris ma carabine.

— Où se trouvait ta carabine ?

— Dans ce coin-là, près de l'armoire.

— Elle était chargée ?

Il hésita imperceptiblement.

— Oui.

— Les cartouches étaient des 22 longues ou des courtes ?

— Des longues.

— Tu gardes d'habitude la carabine dans ta chambre ?

— Souvent.

— Il t'est arrivé, ces derniers temps, de tirer des moineaux par la fenêtre ?

Il hésita encore, réfléchit aussi vite que possible,

comme quelqu'un qui ne peut pas se permettre la moindre erreur.

— Non. Je ne crois pas.

— Tu as voulu faire peur à la vieille femme ?

— Sans doute. Je ne sais pas au juste ce que j'ai voulu. Elle se moquait de moi. Je me suis dit qu'elle finirait par tout raconter à l'assurance et que mon père ne pourrait pas s'acheter une nouvelle camionnette.

— C'est à cela qu'il a décidé de consacrer l'argent ?

— Oui. Il est persuadé que, s'il avait une bonne camionnette et s'il pouvait agrandir sa tournée, il gagnerait de l'argent.

— Il n'en gagne pas pour le moment ?

— Il y a des mois qu'il en perd et c'est ma grand-mère qui...

— Elle vous aide ?

— Quand il le faut absolument. Elle fait chaque fois une scène.

— Tu as tiré ?

Il fit oui de la tête, avec une sorte de sourire d'excuse.

— Tu visais ?

— Je visais la fenêtre.

— En somme, tu voulais briser un carreau ?

Il fit oui à nouveau, empressé :

— On va me mettre en prison ?

— On ne met pas les garçons de ton âge en prison.

Cela parut le décevoir.

— Alors, qu'est-ce qu'on va faire ?

— Le juge t'adressera un sermon.

— Et ensuite ?

— Il fera la leçon à ton père. C'est lui, en définitive, qui est responsable.

— Pourquoi, puisqu'il n'a rien fait ?

— Où était-il, quand tu as tiré ?

— Je ne sais pas.

— Il faisait sa tournée ?

— Sans doute que non. Il ne part jamais si tôt.

— Il se tenait dans la boucherie ?

— Peut-être.

— Il n'a rien entendu ? Ta mère non plus ?

— Non. Ils ne m'ont rien dit.

— Ils ne savent pas que c'est toi qui as tiré ?

— Je ne leur en ai pas parlé.

— Qui a transporté la carabine dans la remise ?

Cette fois, il rougit, regarda autour de lui avec embarras, évita de rencontrer les yeux de Maigret.

— Je suppose, insista celui-ci, que tu ne pourrais pas descendre l'escalier et traverser la cour avec ton plâtre ? Alors ?

— J'ai demandé à Marcel...

Il s'arrêta net.

— Non. Ce n'est pas vrai, avoua-t-il. C'est mon père. Vous finiriez quand même par l'apprendre.

— Tu lui as demandé de descendre la carabine ?

— Oui. Je ne lui ai pas expliqué pourquoi.

— Quand ?

— Mercredi matin.

— Il ne t'a pas posé de questions ?

— Il m'a seulement regardé d'un air ennuyé.

— Il n'en a pas parlé à ta mère ?

— S'il l'avait fait, elle serait tout de suite venue me trouver et m'aurait tiré les vers du nez.

— Elle a l'habitude de te tirer les vers du nez ?

— Elle devine toujours quand j'essaie de mentir.

— C'est toi qui as demandé à Marcel de déclarer qu'il avait vu l'instituteur sortir de la cabane à outils ?

— Non. Je ne savais même pas qu'on l'interrogerait.

— Pourquoi l'a-t-il fait ?

— Sans doute parce qu'il m'avait vu à la fenêtre.

— Avec la carabine. Tu avais la carabine à la main ?

Joseph avait chaud, faisait bravement son possible, s'efforçant toujours de ne pas se contredire et de ne pas avoir l'air d'hésiter.

Maigret avait beau lui parler d'une voix neutre, sans insister, comme s'il ne prononçait que des phrases sans importance, le gamin était assez intelligent pour se rendre compte qu'il avançait toujours un peu plus en direction de la vérité.

— Je ne me souviens pas exactement. Peut-être que je n'avais pas encore pris la carabine.

— Mais, quand, de l'autre fenêtre, il a vu la postière qui tombait, il s'est douté que tu avais tiré ?

— Il ne me l'a pas dit.

— Vous n'en avez pas parlé tous les deux ?

— Seulement aujourd'hui.

— Il t'a simplement annoncé que, si on le questionnait, il serait forcé d'avouer la vérité ?

— Oui.

— Il était triste ?

— Oui.

— Et toi ?

— Je préfère que ce soit fini.

— Mais tu aimerais mieux aller en prison ?

— Peut-être.

— Pour quelle raison ?

— Pour rien. Pour voir.

Il n'ajoutait pas que la prison était sans doute plus amusante que la maison de ses parents.

Maigret se leva en soupirant.

— Tu aurais laissé condamner l'instituteur ?

— Je ne crois pas.

— Tu n'en es pas sûr ?

C'était non. Joseph n'en était pas sûr. L'idée qu'il avait causé un tort à Gastin ne paraissait pas lui être venue. Etait-elle venue aux autres habitants du village ?

— Vous partez ? s'étonna-t-il en voyant le commissaire se diriger vers la porte.

Maigret s'arrêta sur le seuil.

— Qu'est-ce que je ferais d'autre ?

— Vous allez tout dire au lieutenant ?

— Sauf, peut-être, ce qui concerne ton accident.

— Merci.

Il n'était pas si content que ça qu'on le quitte.

— Je suppose que tu n'as rien à ajouter ?

Il secoua la tête.

— Tu es sûr que tu m'as raconté la vérité ?

Il fit oui à nouveau et alors, au lieu d'ouvrir la porte, Maigret s'assit au bord du lit.

— Maintenant, dis-moi *exactement* ce que tu as vu dans la cour.

— Dans quelle cour ?

Le sang venait de monter au visage de l'enfant et ses oreilles étaient cramoisies.

Avant de répondre, Maigret entrouvrit la porte, sans avoir besoin de se lever, dit à la femme de Marcellin, debout sur le palier :

— Veuillez avoir l'obligeance de descendre.

Il attendit qu'elle fût en bas, referma.

— Dans cette cour-ci.

— Notre cour ?

— Oui.

— Qu'est-ce que j'aurais vu ?

— Ce n'est pas moi qui le sais. C'est toi.

Le gamin, dans son lit, avait reculé jusqu'au mur et fixait Maigret d'un œil ahuri.

— Qu'est-ce que vous voulez dire ?

— Tu étais à la fenêtre et la vieille te montrait le fer à cheval.

— Je vous l'ai déjà raconté.

— Seulement, la carabine n'était pas dans ta chambre.

— Comment le savez-vous ?

— Ton père était en bas, dans la cour, avec la porte de la remise ouverte. Qu'est-ce qu'il faisait ?

— Il dépeçait un agneau.

— De sa place, il pouvait te voir à la fenêtre, comme il pouvait voir Léonie Birard.

— Personne n'a pu vous dire tout ça, murmura le gamin plus émerveillé qu'atterré. Vous avez simplement deviné ?

— Il n'était pas en meilleurs termes que toi avec la vieille femme. Elle l'apostrophait chaque fois qu'il passait sur la route.

— Elle le traitait de propre-à-rien et de mendiant.

— Elle a tiré la langue dans sa direction ?

— C'était sa manie.

— Ton père est entré dans la remise ?

— Oui.

— Quand il en est ressorti, il avait ta carabine à la main ?

— Qu'est-ce qu'on va lui faire ?

— Cela dépend. Tu es décidé à ne plus me mentir ?

— Je vous dirai la vérité.

— Ton père pouvait encore te voir à ce moment-là ?

— Je ne crois pas. Je m'étais reculé.

— Pour qu'il ne sache pas que tu regardais ?

— Peut-être. Je ne me souviens pas. Cela s'est passé très vite.

— Qu'est-ce qui s'est passé très vite ?

— Il a jeté un coup d'œil autour de lui et a tiré. Je l'ai entendu qui grognait :

» — Attrape toujours ça, punaise !

— Il a visé avec soin ?

— Non. Il a épaulé et a tiré.

— C'est un bon tireur ?

— Il n'est pas capable d'atteindre un moineau à dix pas.

— Il a vu que Léonie Birard tombait ?

— Oui. Il est resté un moment immobile, comme stupéfait. Puis il s'est précipité dans la remise pour déposer la carabine.

— Et après ?

— Il a regardé ma fenêtre, est rentré dans la maison. Je l'ai ensuite entendu qui sortait.

— Pour aller où ?

— Pour aller boire chez Louis.

184

— Comment le sais-tu ?

— Parce que, quand il est rentré, il était saoul.

— Théo était dans son jardin ?

— Il venait de sortir de son chai.

— Il a vu ton père tirer ?

— D'où il était, il n'aurait pas pu.

— Mais il t'a vu à la fenêtre ?

— Je crois.

— Il a entendu le coup de feu ?

— Il a dû l'entendre.

— Depuis ton père ne t'a parlé de rien ?

— Non.

— Toi non plus ?

— Je n'ai pas osé.

— Marcel a pensé que c'est toi qui avais tiré ?

— Sûrement.

— C'est pourquoi il a menti ?

— Je suis son ami.

Maigret lui tapota la tête d'un geste machinal.

— C'est tout, mon petit bonhomme ! dit-il en se levant.

Il faillit ajouter :

— Il y en a qui apprennent à vivre plus tôt que les autres.

A quoi bon ? Joseph ne prenait pas l'événement trop au tragique. Il avait tellement l'habitude des petits drames quotidiens que celui-là, à ses yeux, n'était guère plus impressionnant que les autres.

— On va le mettre en prison ?

— Pas pour longtemps. A moins qu'on prouve qu'il a visé Léonie Birard et qu'il a essayé de l'atteindre.

— Il a seulement voulu lui faire peur.

— Je sais.

» Tout le village témoignera en sa faveur.

Le gamin réfléchit, approuva.

— Je crois, oui. On l'aime bien, malgré tout. Ce n'est pas sa faute.

— Qu'est-ce qui n'est pas sa faute ?

— Tout.

Maigret était au milieu de l'escalier quand le gosse le rappela.

— Vous ne voulez pas m'enlever mon plâtre ?

— Il est préférable que je t'envoie le docteur.

— Vous me l'envoyez tout de suite ?

— S'il est chez lui.

— N'oubliez pas.

Enfin, comme Maigret arrivait en bas, il entendit murmurer :

— Merci.

Il ne passa pas par la cuisine. Le soleil commençait à disparaître derrière les maisons et une vapeur montait du sol. Les trois femmes étaient toujours là, immobiles, et le regardèrent en silence passer devant la fenêtre.

Sur le parvis de l'église, le curé était en conversation avec une femme d'un certain âge et il sembla au commissaire qu'il était tenté de traverser la rue pour venir lui parler. Il devait savoir, lui aussi. Il connaissait par la confession le mensonge de Marcel. Mais il était le seul à n'avoir le droit de rien dire.

Maigret le salua et le prêtre parut un peu surpris. Puis le commissaire pénétra à la mairie où il retrouva Daniélou qui l'attendait en fumant un cigare et lui lança un coup d'œil interrogateur.

— Vous pouvez relâcher l'instituteur, dit Maigret.

— C'est Joseph ?

Maigret fit non de la tête.

— Qui ?

— Son père, Marcellin.

— Je suppose qu'il ne me reste qu'à l'arrêter ?

— Je vais d'abord lui dire deux mots.

— Il n'a pas avoué ?

— Il est hors d'état d'avouer quoi que ce soit. Si vous voulez venir avec moi...

Ils se dirigèrent tous les deux vers l'auberge mais, au moment d'y entrer, Maigret se souvint d'une promesse qu'il avait faite et alla sonner chez Bresselles.

La sœur ouvrit la porte.

— Le docteur n'est pas ici ?

— Il vient de partir pour un accouchement.

— Quand il reviendra, voulez-vous lui demander d'aller enlever le plâtre de Joseph ?

Elle dut penser, elle aussi, que Joseph était le coupable. Le lieutenant attendait devant la porte de Louis. Il n'y avait plus personne dehors. Une dizaine de buveurs traînaient encore, dont un qui dormait la tête sur une table.

— Où a-t-on mis Marcellin ? demanda Maigret à Thérèse.

Il avait parlé assez haut pour que Théo l'entende. Et ce fut le tour du commissaire de regarder l'adjoint avec des yeux pétillants de malice. Théo, d'ailleurs, fut beau joueur. Au lieu de se renfrogner, il se contenta de hausser les épaules avec l'air de dire :

— Tant pis ! Ce n'est pas ma faute...

— La chambre à gauche de l'escalier, monsieur Maigret.

Il monta, seul, ouvrit la porte, tandis que le boucher, surpris par le bruit, se dressait sur son séant et le regardait avec des yeux écarquillés.

— Qu'est-ce que vous voulez, vous ? prononça-t-il d'une voix pâteuse. Quelle heure est-il ?

— Cinq heures.

Il mit les deux pieds par terre, se frotta les yeux, le visage, chercha quelque chose à boire autour de lui. Son haleine était si lourde d'alcool que le commissaire en était incommodé et il y avait des vomissures sur le plancher.

— Le lieutenant t'attend en bas, Marcellin.

— Moi ? Pourquoi ? Qu'est-ce que j'ai fait ?

— Il te le dira lui-même.

— Vous êtes allé chez moi ?

Maigret ne répondit pas.

— Vous avez tourmenté le gamin ? poursuivit le boucher d'une voix sourde.

— Lève-toi, Marcellin.

— Si cela me plaît.

Il avait les cheveux en désordre, le regard fixe.

— Vous êtes un malin, hein ! Vous devez être fier de vous ! Tourmenter des enfants ! Voilà ce que vous êtes venu faire ici !... Et c'est pour ce travail-là que le gouvernement vous paie !

— Descends.

— Je vous défends de me toucher.

Debout, vacillant, il grommelait :

— Tout cela parce que l'autre est instituteur, parce que c'est un homme instruit qui touche l'argent des contribuables aussi...

Pour mieux marquer son mépris, il cracha par terre, se dirigea vers la porte, faillit tomber dans l'escalier.

— Un pernod, Louis ! commanda-t-il en se tenant au comptoir.

Il avait besoin de s'en aller en beauté, contemplait les autres autour de lui en s'efforçant de ricaner.

Louis, du regard, demandait à Maigret s'il devait servir la consommation demandée et le commissaire faisait signe que cela lui était égal.

Marcellin but le pernod d'un trait, s'essuya les lèvres, lança, tourné vers Théo :

— Je l'ai quand même eue, la punaise !

— Fais pas le malin ! murmura l'adjoint en regardant les cartes qu'il tenait à la main.

— Je ne l'ai pas eue, peut-être ?

— Tu ne l'as pas fait exprès. Tu n'es pas capable de viser un bœuf à trente mètres.

— Est-ce que je l'ai eue, oui ou non ?

— Tu l'as eue, ça va ! Maintenant, ferme-la.

Le lieutenant intervenait, disant :

— Je vous demande de m'accompagner sans m'obliger à vous passer les menottes.

— Et si j'ai envie qu'on me passe les menottes ?

Il crânait jusqu'au bout.

— Comme vous voudrez.

On les vit scintiller, on les entendit se refermer sur les poignets du boucher.

— Vous voyez ça, vous autres ?

Il heurta le chambranle en franchissant la porte et quelques instants plus tard on entendit claquer la portière d'une voiture.

Il y eut un silence. L'air était saturé de vin, d'alcool, une fumée épaisse entourait la lampe qu'on venait d'allumer bien qu'il fît encore jour dehors. Dans une demi-heure, il ferait tout à fait noir et on ne verrait plus du village que quelques points lumineux, deux ou trois vitrines mal éclairées, une ombre, parfois, glissant le long des maisons.

— Vous préparerez ma note, dit Maigret qui fut le premier à parler.

— Vous partez tout de suite ?

— Je prends le train du soir.

Les autres se taisaient toujours, comme en suspens.

— Comment dois-je m'y prendre pour appeler un taxi ?

— Il suffit de demander à Marchandon. Il vous conduira avec sa camionnette. C'est toujours lui qui mène les gens à la gare.

La voix de Théo prononça :

— Est-ce qu'on joue ou est-ce qu'on ne joue pas ? J'ai dit atout pique. Et j'annonce une tierce.

— A quoi ?

— A la dame.

— Elle est bonne.

— Je joue le valet.

Maigret paraissait un peu triste, ou fatigué, comme presque chaque fois qu'il en avait fini avec une affaire. Il était venu ici pour manger des huîtres arrosées de vin blanc du pays.

— Qu'est-ce que je vous offre, commissaire ?

Il hésita. L'odeur de vinasse l'écœurait. Il n'en dit pas moins, à cause de ce qu'il avait pensé à Paris :

— Une chopine de blanc.

La quincaillerie était éclairée. A travers le magasin où pendaient des seaux et des casseroles, on apercevait, dans la cuisine, Marcel Sellier assis devant un livre, la tête entre les mains.

— A votre santé !

— A la vôtre !

— Vous devez vous faire une drôle d'idée du pays ?

Il ne répondit pas et, un peu plus tard, Thérèse descendait sa valise, qu'elle avait faite pour lui.

— J'espère que votre femme trouvera tout en ordre.

Au fait c'était bon, tout à coup, de penser à Mme Maigret, à leur appartement du boulevard Richard-Lenoir, aux grands boulevards éclairés, où il la conduirait, dès le premier soir, à leur cinéma habituel.

Quand, à l'avant de la camionnette, il passa devant la mairie, il y avait de la lumière chez les Gastin. Dans une heure ou deux, l'instituteur rentrerait et ils seraient à nouveau tous les trois, tellement pareils les uns aux autres, avec l'air de se blottir sur un îlot perdu.

Plus tard, il ne remarqua pas que ce qui se balançait dans l'obscurité, à sa droite, était des mâts de bateaux et, à la gare, il acheta toute une poignée de journaux de Paris.

Shadow Rock Farm, Lakeville (Connecticut),
8 décembre 1953.

Composition réalisée par JOUVE

Achevé d'imprimer en août 2007 en Espagne par
LIBERDÚPLEX
Sant Llorenç d'Hortons (08791)
N° d'éditeur : 89003
Dépôt légal 1re publication : septembre 2003
Édition 03 - août 2007
LIBRAIRIE GÉNÉRALE FRANÇAISE – 31, rue de Fleurus – 75278 Paris cedex 06

31/4246/0